KB074564

가슴은 사랑으로 채워라
Fill Your Heart With Love

이태상 지음

가슴을
사랑으로
채워라

Fill Your Heart With Love

초판 1쇄	2016년 7월 20일
지은이	이태상
펴낸이	전승선
펴낸곳	자연과인문
북디자인	신은경
인쇄	대산문화인쇄
출판등록	제300-2007-172호
주소	서울시 종로구 삼일대로 445
전화	02)735-0407
팩스	02)744-0407
홈페이지	http://www.jibook.net
이메일	jibooks@naver.com

ⓒ2016 이태상

ISBN 9791186162200 03810
값 13,000

가슴을
사랑으로
채워라

Fill
Your
Heart
With
Love

이
태
상

Fill
Your
Heart
With
Love

여는 글 _ 가슴은 사랑으로 채워라^{Fill Your Heart With Love}

CONTENTS

F i l l
Y o u r
H e a r t 💜 💜 💜
W i t h
L o v e

CONTENTS

가슴은
사랑으로
채워라

  야망에 부푼 가슴을 온갖 꿈으로 채울 수도 있겠지만 그 꿈
이 하나 둘 현실이 되는 순간 허망스러워 허전해지지 않던가.
꿈이 실현되는 순간 그 꿈은 더 이상 꿈이 아니기에 또 다른
꿈을 꾸어야 한다. 그러자면 그 가슴은 영원토록 채워지지 않
는다. 하지만 가슴을 사랑으로 채울 땐 다른 아무 것도 들어올
자리가 없고, 사랑은 욕심처럼 썩거나 꿈처럼 깨질 가능성도
없으며, 늘 가슴 저리도록 절절하게 새롭고 향기로울 뿐만 아
니라 가슴 미어지게 슬프도록 모든 게 아름다워지지 않는가.

  자, 우리 칼릴 지브란의 우화집 '방랑자The Wanderer'에 나오는

'사랑과 미움'을 음미해보자.

사랑과 미움

한 여인이 한 남자에게 말하기를 "난 당신을 사랑해요." 그러자 남자가 대답하길 "당신의 사랑을 받을 만한 가치가 내 가슴 속에 있군요." 그리고 여인이 반문하길 "당신은 날 사랑하지 않나요?" 그리고 남자는 여인을 응시할 뿐, 아무 말 하지 않았다. 그러자 여인이 크게 소리치길 "난 당신이 미워요." 그리고 남자가 말하길 "그럼 또한 당신의 미움을 받을 만한 가치가 내 가슴 속에 있군요."

LOVE AND HATE

A woman said unto a man "I love you." And the man said "It is in my heart to be worthy of your love." And the woman said "You love me not?" And the man only gazed upon her and said nothing. Then the woman cried aloud "I hate you." And the man said "Then it is also in my heart to be worthy of your hate."

Fill
Your
♥ Heart
With
Love

Fill Your Heart With Love

o n e

나르시시즘 *Narcissism*
독인가 약인가

2010년 미국에서 출간된 '나르시시즘 역병 : 특권의식에 사로잡힌 시대를 살기The Narcissism Epidemic: Living in the Age of Entitlement'란 책이 있다. 이 저서의 공동저자인 두 심리학자 장 미쉘 텡게와 더블유 키스 캠벨Jean M. Twenge and W. Keith Campbell은 1980년대부터 신체적인 비만처럼 사람들의 심리적인 비만상태라고 할 수 있는 자애주의 나르시시즘이 급속도로 증가하기 시작했다며 특히 수많은 미국인들이 이 증상을 나타내고 있다는 주장을 이 책에서 펴고 있다.

하지만 이 자아도취적인 자애주의는 비만으로 생기는 당뇨 같은 증상이기보다는 알코올 중독과 유사하다는 반론도 제기되고 있다. 어쩌면 금년 미국 공화당의 사실상의 대선후보인 도널드 트럼프가 그 대표적인 예가 되는지 모르겠다. 요즘 인터넷에선 자신의 '나르시시즘 지수'를 측정해볼 수 있는 퀴즈도 있다고 하는데, 도대체 이 나르시시즘이라는 자애주의가 뭘 의미하는지 우리 좀 살펴보자.

마치 옛날 희랍 신화에 나오는 나르시수스Narcissus가 연못에 비친 제 모습에 반해 익사하듯 오늘날엔 인스타그램Instagrm이니, 페이스북Facebook이니, 트윗tweet이니 하는 인터넷 바다에 남녀노소 할 것 없이 모두들 빠져 허우적대고 있지 않는가. 나르시수스가 사랑한 건 자기 자신이 아니고 제 그림자였듯이 다른 사람들 눈에 비친 내 인기란 것도 실체가 없는 허깨비에 불과하다.

18세기 프랑스 철학자 루소는 다른 사람들의 의견에 기준한 자애self-love를 프랑스어로 'amour-propre'라 했고, 그보다 더 건전한 자존심에 입각한 자애심을 'amour de soi'라고 일컬었다. 전자가 다른 사람의 인정과 호감을 사려는 얄팍하고 불안한 심리라면 후자는 있는 그대로의 자아를 발견하고 충족시켜 얻게 되는 자존감을 뜻하는 것이리라.

내가 아주 어렸을 때부터 몹시 마음 쓰면서 일찌거니 깨달은 바가 있다. 나 자신을 남과 비교하다 보면 백해무익한 열등감이나 우월감에서 벗어날 길이 없다는 거였다. 결단코 모든 면에서 내가 남보다 뛰어날 수도 못할 수도 없지 않겠는가. 그뿐만 아니라 다른 사람과 비교하지 않는다 해도, 나를 나 자신과 비교할 수도 없다는 것이다. 나는 나 이상도 나 이하도 될 수 없다는 거다. 나로서 나다우면 됐지, 그 누굴 흉내 낼 수 있겠는가. 나에게 최선을 다하는 것으로 아주 훌륭하고 좋으리라.

플라토닉 사랑 Platonic Love 은 가능한가?

최근 영국 BBC에서 교황 요한 바오로 2세(1920-2005)가 생전에 안나 티미에니에츠카(1923-2014)라는 미국 유부녀 여성 철학자와 30년 넘게 서신교환과 방문을 통해 맺은 "서로 애정 어린mutually affectionate"특별한 관계를 전했다.

1969년에 발간한 교황의 저서 '행동하는 사람Acting Person'의 영역자로 만나 수십 년간 교류하면서 "난 당신의 것"이라는 티미에니에츠카의 고백에, "당신이 가까이 있을 때나 멀리 떨어져 있을 때나 언제나 나는 당신을 느낀다"고 화답할 정도로 우정 이상의 친밀한 관계였음이 추측된다는 보도였다.

가슴은
사랑으로
채워라

그리스 철학자 플라톤의 '대화' '향연'편에서 유래한 플라토닉 사랑은 순수하고 비성적非性的인 사랑을 의미하지만 비육체적이고 순전히 전적으로 정신적이고 심리적인 사랑이 가능한 것일까? 달리 표현하자면 육체와 정신이, 몸과 맘이 분리될 수 있겠는가? 분리될 수 있다면 이를 정신분열증이라고 해야 하나 아니면 육신분열증이라고 해야 하나.

  미국의 월드북 백과사전World Book Encyclopedia(1979 Ed.)은 정신분열증에 대해 다음과 같이 설명하고 있다. "정신분열증은 때때로 예고 없이 사고기능의 혼란을 가져오는 심각한 정신질환의 한 종류이다. 정신분열schizophrenia이라는 말은 '생각phrenos, mind'이란 말과 '분열schizein, split'이란 말의 합성어로 사고思考가 현실에서 이탈하여 혼란되고 비논리적인 생각을 하게 된다는 말이지 한 사람이 두 사람의 생각(마음)을 가졌다는 뜻이 아니다."

  정신분열증 환자들 중 많은 사람들은 망상妄想 illusion을 하며 현실과 유리된 환상의 세계fantasy world에서 살고 있는 듯이 행동한다. 그들은 다른 사람들이 듣지 못하는 음성을 듣기도 하는데 그런 음성이 신god으로부터 오는 계시라고 믿기도 한다. 어떤 환자는 정서(기분, 감정)와 행동behavior의 혼란을 일으킨다.

어떤 환자는 전혀 감정의 반응을 보이지 않는가 하면 어떤 환자는 상황에 맞지 않는 감정을 나타낸다. 예를 들면 슬퍼해야할 경우에 웃음을 웃는 따위이다. 어떤 환자는 스스로 자신을 주변 사람들과 격리시키고 주로 자신의 내부에서 들려오는 '음성'과 대화를 한다.

정신분열증의 원인은 아직 밝혀져 있지 않았다. 그러나 최근에 이 질병이 뇌세포 기능에 관련된 특정 뇌 화학물질의 유전적 결함에서 오는 것으로 밝혀졌다. 뇌 화학물질이란 신경전달물질neurotransmitter을 말하는데 이 물질은 뇌신경세포간의 정보를 전달하는 기능을 맡고 있다. 정신분열증 환자는 특정 뇌세포로 하여금 과다한 양의 도파민dopamine인 신경전달물질의 일종을 분비하도록 하는 결함이 이 질환의 원인이 될 수 있다.

월드북 백과사전에는 정신분열증과 종교와의 관계에 대해서 자세한 설명이 없지만 한국의 김정일 박사(서울정신병원 정신과 의사)는1991년 여성동아 11월호에 기고한 장문의 글 '광신도, 종교와 정신병의 합작품이다'에서 정신분열증은 광신적 종교와 깊은 관계가 있다고 주장했다.

우리 전통문화에서는 무당(여자)과 박수(남자)가 있듯이 서양에서는 남자 마법사^{wizard}와 마녀^{witch}가 있고, 이들이 하는 일을 우리는 푸닥거리나 굿이라 하는가 하면 서양에선 마법, 마술^{sorcery or sorcerism}이라 한다. 무당이나 마법사 또는 점쟁이나 선지자 혹은 예언자가 되려면 신내림 또는 신의 계시를 받는다고 하고 아니면 직업적인 가업으로 물려받는다는데, 오늘날 동서양을 막론하고 중이다 신부와 수녀다 목사다 하는 것도 모두 다 일종의 신과 인간 사이에서 중보자仲保者 역할을 한다고 자처하는 사람들 아닌가.

어디 그 뿐인가. 흔히 수녀들은 자신들의 남편이 예수라고 믿고 그렇게 말한다. 그리고 무당의 신비스런 체험에 등장하는 천상계天上界 신처神妻와 무당 사이에 성적 감정이 개입하는 것은 자연스런 일이라고 한다. 접신체험에서 신비적인 사랑과 육체적 사랑 사이의 밀접한 관계는 익히 잘 알려진 이야기다. 따라서 무속巫俗의 제의祭儀에 나타나는 에로틱한 요소는 무당과 천상계 신처와의 단순한 관계를 넘어선 것이란다.

마찬가지로 플라토닉 사랑이란 것도 일종의 정신과 육신이 분열된 상태에서 사랑이란 느낌을 경험하게 되는 것이 아닌는지 모르겠다. 육체적으로 성적性的 접촉 없이도 성관계 하는 것 못지않게 어쩜 그 이상으로 친밀감 내지 일체감을 느낄 수

있다면 시간과 공간은 물론 육신과 정신 그리고 삶과 죽음 생
사生死의 경계까지 초월하는 경지일 수도 있으리라.

우주의 씻김굿

　금년 초 두 달간 MBC 예능 프로그램 '복면가왕'에서 5회 연속 1위를 차지, 국내 최정상급 가수들을 제치고 5관왕에 오른 뮤지컬 배우 차지연(34)의 외할아버지는 판소리 무형문화재 박오용 옹이란다. 그 끼를 물려받아서일까 세 살부터 '국악 신동'이란 소리를 들었다는 그녀는 발라드든 록이든 댄스곡이든 우주적 에너지가 폭발하는 한편의 드라마로 완성시킨다는 평을 들었다.

　옛날, 대형가수 패티김을 무색케 할 노래 실력을 유감없이 발휘한 그녀는 한 인터뷰에서 이렇게 말했다. "본래 가수가 꿈이었다. 사기를 당하는 등 우여곡절 끝에 앨범 하나 내지 못했다. 뮤지컬 무대에 서고, 노래하면서 다 치유된 줄 알았다. 근데 차지연이란 이름으로 온전히 노래하고, 그것으로 인정받는 게 이토록 벅찰 줄은 나도 몰랐다. 제 가슴 한편에 꽁꽁 숨겨두었던 응어리를 다 푸는 느낌이었다. '복면가왕'은 실로 내 청춘의 그늘을 다 걷어내는, 한편의 씻김굿이었다. 모든 분께 감사하다."

지난 2월 11일 천재 물리학자 알베르트 아인슈타인의 씻김굿이라 할 수 있는, 그가 일반 상대성이론을 통해 남긴 마지막 수수께끼가 마침내 풀렸다. 그가 처음 존재를 예측한 중력파가 101년이 지나서 처음 포착됐다. 13억 광년 전에서 날아온 이번 중력파가 길이 4km, 지름 122cm 크기의 진공 튜브를 통과하며 해당 기기에 일으킨 길이 변화는 4×10의 마이너스 $16 cm^2$, 즉 4km 막대기가 1경분의 4cm가량 늘거나 줄어든 셈이란다. 이를 국가수리과학연구소 오정근 박사는 이렇게 설명한다.

"지구에서 6500만 광년 떨어진 처녀자리 성단에 사는 한 외계인의 머리카락이 흔들리는 모습을 지구에서 감지한 것처럼 태양이 원자 크기만큼 진동한 것을 지구에서 느끼는 것과 같다."

가슴은
사랑으로
채워라

불교에서 말하는 찰나刹那 75분의 1초와 겁劫의 무한시간에서 볼 때, 이번 중력파를 일으킨 두 블랙홀이 충돌하는데 걸린 시간이 0.15초요, 당시 방출된 시간당 에너지가 현재 관측 가능한 우주에서 나오는 모든 빛 에너지의 50배나 된다면, 이번 101년만의 중력파 발견이나 우리가 장수해 100세 인생을 산다 한들 정말 찰나에도 못 미치지 않는가. 그렇다면 이렇게 찰나도 못 되는 인생을 우리는 어떻게 살아야 할까. 뇌성마비를 안고 태어나 17년간 요양 시설을 전전해야 했던 프랑스인 알렉상드르 졸리앵(41)은 그의 2013년 저술 '인간이라는 직업 : 고통에 대한 숙고'에서 "장애인이든 비장애인이든 인간의 실존은 커다란 일터다"라며 그는 인생이라는 학교에서 나날이 배우며 발전하는 가운데 삶이 행복하다고, 행복은 먼 데 있지 않으며, 바로 여기 지금 이 순간에 있음을 상기시켜 준다.

1993년 '황금빛 모서리'라는 시집을 낸 이후 여태 절필 상태라는 시인 김중식의 시 '황금빛 모서리'를 음미해보자.

황금빛 모서리

뼛속을 긁어낸 의지의 代價로

석양 무렵 황금빛 모서리를 갖는 새는

몸을 솟구칠 때마다

금부스러기를 지상에 떨어뜨린다.

날개가 가자는 대로 먼 곳까지 갔다가

석양의 黑點에서 클로즈업으로 날아온 새가 기진맥진

빈 몸의 무게조차 가누지 못해도

아직 떠나지 않은 새의 彼岸을 노려보는 눈에는

발밑의 벌레를 놓치는 遠視의 배고픔쯤

헛것이 보여도 현란한 飛翔만 보인다.

    그가 산 만큼 쓰고, 쓴 만큼 산다고 쓴 적이 있다는데 이 말을 나는 이렇게 풀이해보고 싶다. 삶과 사람과 자연, 모든 것은 사랑한 만큼 살고, 산 만큼 사랑하는 것이다. "99도까지 온도를 올려놓아도 마지막 1도를 넘기지 못하면 영원히 물은 끓지 않는다. 물을 끓이는 건 마지막 1도, 포기하고 싶은 바로 그 1분을 참는 것이다"라고 김연아는 고백했다. 홍일표 시인의 시 '나비족'도 음미해보자.

나비족

해변에서 생물연대를 알 수 없는 나비를 주웠다.
지구 밖 어느 행성에서 날아온 쓸쓸한 연애의 화석인지
나비는 날개를 접고 물결무늬로 숨 쉬고 있었다.
수 세기를 거쳐 진화한 한 잎의 사랑이거나 결별인 것
공중을 날아다녀본 기억을 잊은 듯
나비는 모래 위를 굴러다니고
바닷물에 온몸을 적시기도 한다.
아이들은 그것이 나비인 줄도 모르고
하나둘 주머니에 넣는다.
이렇게 무거운 나비도 있나요?

이 시에 오민석 시인은 이렇게 주석을 단다.

한때 공중을 날아다니던 나비가 바닷물 속에서 물결무늬로
숨 쉬고 있다. 나비는 수 세기를 거쳐 진화의 역사를 쓰고 있
는 중이다. 그의 쓸쓸한 연애, 한 잎의 사랑, 혹은 결별은 화석
속에 포획돼 존재의 긴 흔적을 보여준다. 존재는 살아서도 끝
없는 변용metamorphosis의 길 위에 있지만, 죽어서 더 자유로운 변

용의 모습을 보여준다. 하늘의 나비가 돌처럼 무거워져 바닷
속에 잠겨 있는 모습이 바로 그것이다. 생몰연대를 넘어서 이
런 흔적이 지상에 얼마나 많은가.

　자, 이제 가수 윤형주(69)가 그의 육촌형인 시인 윤동주
(1917~1945)를 위해 작사, 작곡한 '윤동주님에게 바치는 노
래'를 우리 같이 좀 불러보자.

　　　　당신의 하늘은 무슨 빛이었길래
　　　　당신의 바람은 어디로 불었길래
　　　　당신의 별들은 무엇을 말했길래
　　　　당신의 시들이 이토록 숨을 쉬나요.
　　　　밤 새워 고통으로 새벽을 맞으며
　　　　그리움에 멍든 바람 고향으로 달려갈 때
　　　　당신은 먼 하늘 차디찬 냉기 속에
　　　　당신의 숨결을 거두어야 했나요.
　　　　죽어가는 모든 것을 사랑했던 당신은
　　　　차라리 아름다운 영혼의 빛깔이어라
　　　　잎새에 이는 바람에도 괴로웠던 당신은
　　　　차라리 차라리 아름다운 생명의 빛깔이어라

　　　　　　　가　슴　은
　　　　　　　사　랑　으　로
　　　　　　　채　워　라

당신의 땅, 당신의 자리에, 하늘이 내리네.

별이 내리네.

Fill Your Heart With Love
f   o   u   r

그냥 안아주기 *The Free Hugs Campaign*

그냥 안아주기 *The Free Hugs Campaign*란 개개인들이 공공장소에서 전혀 모르는 사람들을 그냥 안아주는 하나의 사회운동 *a social movement*을 지칭한다. 이 그냥 안아주기는 아무런 사심 없이 무작위로 다른 사람들을 위로하는 친절행위로서 '후안 만 *Juan Mann*'이란 가명의 호주인이 2004년 시작한 이후 2006년 호주 밴드 '병든 강아지들 *Sick Puppies*'의 뮤직 비디오가 유튜브에 뜨면서 전세계적으로 유명해졌고, '국제 안아주기 달 *International Free Hugs Month*'이 매년 7월 첫 주 토요일부터 8월 1일까지 지켜지고 있는가 하면 세계 각국 도시에서 연중행사가 되고 있다. 어떻게 이 운동이 시작됐는지 후안 만의 이야기를 들어보자.

가 슴 은
사 랑 으 로
채 워 라

"영국 런던에 살다가 내 세상이 뒤집어졌다. 그래서 고향인 호주로 돌아가야 했다. 시드니 비행장에 도착했을 때 내 짐이라곤 옷가지를 챙긴 손가방 하나와 근심걱정 한 보따리뿐이었다. 나를 반겨줄 사람도 집이라고 부를 곳도 없는 고향에 돌아온 낯선 여행객 투어리스트였다. I'd been living in London when my world turned upside down and I'd had to come home. By the time my plane landed back in Sydney, all I had left was a carry on bag full of clothes and a world of troubles. No one to welcome me back, no place to call home. I was a tourist in my hometown.

비행장 도착 터미널에 서서 다른 승객들이 기다리던 가족과 친구들을 반갑게 두 팔 벌려 안으면서 웃는 다정한 장면들을 보면서 나도 누군가 날 기다렸다가 반겨 미소 짓고 안아줄 사람이 있었으면 얼마나 좋았을까 싶었다. Standing there in the arrivals terminal, watching other passengers meeting their waiting friends and family, with open arms and smiling faces, hugging and laughing together. I wanted someone out there to be waiting for me. To be happy to see me. To hug me.

그래서 난 카드보드 판지板紙 양쪽에 사인펜 마커로 '그냥 안아주기Free Hugs'라고 크게 써 갖고 시내로 들어가 제일 복잡한 보행자 건널목에서 이 사인을 번쩍 높이 들고 서 있었다. So I got some cardboard and a marker and made a sign. I found the busiest pedestrian intersection in the city and held that sign aloft, with the words 'Free Hugs' on both sides.

　그렇게 한 15분쯤 있자니까 사람들이 날 주시하기 시작했
다. 한 여인이 멈춰 서더니 내 어깨를 톡톡 치고 나서 그날 아
침 키우던 개가 죽었고 바로 그날이 외동딸을 차 사고로 잃은
지 꼭 일 년 되는 날이라며 자기가 세상에서 몹시 외롭게 느꼈
는데 당장 가장 필요로 하는 게 안아주기라고 했다. 나는 한 쪽
무릎을 꿇고, 우리는 팔을 벌려 서로 안아 주고 헤어지면서 그
여인은 미소 짓고 있었다. And for 15 minutes, people just stared right through me. The
first person who stopped, tapped me on the shoulder and told me how her dog had just died that morning.
How that morning had been the one year anniversary of her only daughter dying in a car accident. How
what she needed now, when she felt most alone in the world, was a hug. I got down on one knee, we put our
arms around each other and when we parted, she was smiling.

　사람은 누구나 문제가 있다. 말할 것도 없이 내 문제는 그 여
인에 비할 바가 아니었지만 그 누군가가 찌푸렸던 얼굴에 단
한 순간이나마 미소 짓는 걸 보는 것만으로도 안아주기는 번
번이 다 보람 있고 값진 것이다. Everyone has problems and for sure mine haven't
compared. But to see someone who was once frowning, smile even for a moment, is worth it every time."

　안아주기 효과Holding Effect란 말이 있다. 영국의 소아과 의사이

며, 특히 대상관계 이론Object Relations Theory의 기틀을 확립한 정신분석학자 도널드 위니콧Donald Winnicott(1896-1971)은 40여 년간 임상을 하면서 2만 명 이상의 유아와 아동을 치료하고 상담한 사례를 통해 어머니가 어린 자녀를 안아주는 것은 유아로 하여금 어머니라는 대상과의 견고한 관계를 형성시켜 유아의 성격 발달에 절대적인 영향을 미친다고 했다. 위니콧 박사는 인간의 정서적, 심리적 발달은 3세 이전에 이루어진다고 보고, 이 시기에 부모가 안아주며 스킨십을 갖는 것은 정서적으로 안정감과 자신감을 갖게 해주고 애정을 느낄 뿐만 아니라 애정표현도 잘하게 된다며 이것을 안아주기 효과Holding Effect라고 했다.

이는 비단 자녀의 경우일 뿐만 아니라 부부와 친구나 친지는 물론 모르는 사람끼리도 서로 조건 없이 그냥 안아주는 껴안아주기Hug를 한다면 우리 세상이 얼마나 더 살기 좋아질 수 있으랴. 그러자면 안는 자가 안길 자가 되고, 안길 자가 안는 자가 되지 않겠는가. 게다가 사람뿐만 아니라 하늘도 안고 땅도 안고, 산도 안고 강도 안고, 구름도 안고 바람도 안고, 해와 달과 별들도 안고, 만물을 다 안다 보면 온 우주가 내 품 안에 안기리라. 우리 나호열 시인의 시 '안아주기'를 같이 좀 읊어보자.

안아주기

어디 쉬운 일인가.

나무를, 책상을, 모르는 사람을

안아준다는 것이

물컹하게 가슴과 가슴이 맞닿는 것이

어디 쉬운 일인가.

그대, 어둠을 안아보았는가.

무량한 허공을 안아보았는가.

슬픔도 안으면 따뜻하다.

미움도 안으면 따뜻하다.

가슴이 없다면

우주는 우주가 아니다.

가 슴 은
사 랑 으 로
채 워 라

Fill Your Heart With Love
f i v e

우주의 원리 *Entropy*

    오늘 친구로부터 전달받은 이야기를 많은 독자들과 나누고
싶어 옮긴다.

    어떤 한 아주머니가 있었습니다. 그녀는 남편이 사업실패로 거액의 빚
을 지고 세상을 떠나자 마지못해 생계를 위해 보험회사의 일을 하게 되었
습니다. 하지만 그 동안 집안에서 살림만 하던 여자가 그 험한 보험 일을
한다는 것이 생각처럼 그리 쉬운 일이 아니었습니다. 대학교에 다니는 딸
만 아니면……. 하루에 수십 번도 하던 일을 그만 두고 싶을 정도로 힘겨
운 나날의 연속이었습니다.

추운 겨울날이었습니다. 거액의 보험을 들어준다는 어느 홀아비의 집에 방문했던 아주머니는 그만 큰 봉변을 당할 뻔했습니다. 가까스로 위기를 모면한 그녀는 근처에 있는 어느 한적한 공원으로 피신을 했습니다. 사는 게 너무 힘들고 서러워서 자살까지 생각하며 한참을 울고 있을 때였습니다. 누군가 그녀의 앞으로 조용히 다가왔습니다. 손수레를 끌고 다니며 공원에서 커피와 음료수 등을 파는 할머니였습니다. 할머니는 아주머니에게 무슨 말을 해주려고 하더니 갑자기 손수레에서 꿀차 하나를 집어 들었습니다. 따뜻한 물을 부어 몇 번 휘휘 젓더니 아주머니 손에 살며시 쥐어 주며 빙그레 웃어 보였습니다. 마치 방금 전에 아주머니에게 무슨 일이 있었는지 다 알기라도 한 듯한 표정으로 말입니다. 비록 한 마디 말도 하지 않았지만 할머니의 그 따스한 미소는 아주머니에게 그 어떤 위로의 말보다 큰 힘이 되었습니다. 아침까지 굶고 나와서 너무나도 춥고 배고팠던 아주머니는 할머니의 따뜻한 정에 깊이 감동하면서 눈물로 꿀차를 마셨습니다. 그리고는 힘을 얻어 다시 일터로 나갔습니다.

그 후 몇 년의 세월이 흐른 어느 가을날이었습니다. 공원에서 차를 팔고 돌아가던 할머니가 오토바이사고를 당하게 되었습니다. 다행이 수술이 무사히 끝나 생명엔 지장이 없었지만 뺑소니 사고였기 때문에 할머니는 한 푼도 보상을 받지 못했습니다. 퇴원하는 날이 가까워 오면서 할머니는 거액의 수술비와 병원비 때문에 밤잠을 이룰 수가 없었습니다. 할머니의 딸이 퇴원수속을 위해 원무과로 찾아 갔을 때였습니다. 원무과 여직원은 할머니의 딸에게 병원비 계산서 대신 쪽지 하나를 건네주었습니다.
그 쪽지에는 이렇게 쓰여 있었습니다.

수술비 + 입원비 + 약값 + 기타비용 / 총액 = 꿀차 한 잔

할머니의 딸이 놀라서 두 눈을 크게 뜨며 놀래자 서무과 여직원은 빙그
레 웃으면서 다음과 같이 말했습니다.

"5년 전, 자살을 생각했다가 꿀차 한 잔에 다시 용기를 얻고 지금은 보
험왕이 된 어떤 여자 분이 이미 지불하셨습니다. 그 분이 바로 저의 어머
니이십니다."

차 한 잔이든 꽃 한 송이든 받는 사람에게 기적을 일으키고
주는 사람 가슴을 사랑으로 채워 행복하게 해주는 좋은 예인
것 같다. 우린 모두 두 손을 갖고 태어난다. 한 손으로는 주
기 위해, 또 한 손으로는 받기 위해, 다름 아닌 사랑을 주고받
기 위해서다. 두 손이 합해지면 합장으로 기도와 축원이 된다.

세상에 근본적인 원리를 찾기 어렵지만 과학적인 몇 가지 근
본원리는 자연현상을 설명해주고 있다. 예를 들자면 만유인력

이다 상대성원리다 에너지 불변의 법칙이다 그리고 열역학 제 2법칙이라고 하는 '엔트로피entropy'가 있다. 어원학적으로 변화를 뜻하는 라틴어에서 유래한 이 '엔트로피'란 단어는 열역학thermodynamics에서 자연현상 중에 발생하는 에너지의 압력, 온도, 밀도 등의 변화를 의미하는 원리가 오늘날 정보통신의 근간을 이룬다고 한다. 말하자면 물은 아래로 흐르고 산은 낮아지며 골짜기는 높아지는가 하면 우주는 팽창한다는 식으로 모든 자연현상 세상만사가 다 연결되고 차이가 없어져 평형을 이루게 된다는 원리이다.

이것이 바로 옛날부터 우리 동양에서 말하는 음양의 이치요, 만고불변의 사랑의 원리가 아닌가. 이 사랑의 원리를 우리 일상생활에 적용해보자. 유태인들이 지키는 10계명이 있다.

1. 그 사람의 입장에 서기 전에는 절대로 그 사람을 욕하거나 책망하지 말라.
2. 거짓말쟁이에게 주어지는 최대의 벌은 그가 진실을 말했을 때에도 사람들이 믿지 않는 것이다.
3. 남에게 자기를 칭찬하게 해도 좋으나, 자기 입으로 자기를 칭찬하지 말라.

가슴은
사랑으로
채워라

4. 눈이 보이지 않는 것보다 마음이 보이지 않는 쪽이 더 두렵다.

5. 물고기는 언제나 입으로 낚인다. 인간도 역시 입으로 걸린다.

6. 당신의 친구가 당신에게 있어서 벌꿀처럼 달더라도 전부 핥아 먹어서는 안 된다.

7. 당신이 남들에게 범한 작은 잘못은 큰 것으로 보고, 남들이 당신에게 범한 큰 잘못은 작은 것으로 보라.

8. 반성하는 자가 서 있는 땅은 가장 훌륭한 성자가 서 있는 땅보다 거룩하다.

9. 세상에서 가장 행복한 남자는 좋은 아내를 얻은 사람이다.

10. 술이 머리에 들어가면, 비밀이 밖으로 밀려 나온다.

　　이상의 10계명을 하나로 줄인다면 우주와 내가 같은 하나라는 우주의 원리 곧 사랑의 원리를 깨닫는 것이리라. 자, 이제 우리 박렬 시인의 '소중한 인연을 위한 시 4(축원)'을 같이 읊어보자.

　　　　너에 대한 소망은 오직 한 가지뿐이다.
　　　　내게는 너가 여태는
　　　　한 번도 못 가쳐 본 넉넉한 사랑,

지금 나 너를 위하여 살거니와

너로 하여 나 예전에는 못 가져 본 충만 앞에

이 행복 달아날까 두려워 남몰래 떨고 있단다.

나 너를 사랑하는 것을 깨닫고부터는

소중한 것을 다 너에게 주고 싶다.

이미 준 것은 기억하지 않고

내가 너에게 못 다한 것만을 기억하며

그러한 변변찮은 내 사랑

행여 너에게 알량한 감정일까 두렵구나.

나 고백하거니와 너만큼 사랑한 사람은

소시적에도 한 번 없었거니와,

진실로 한 사람을 사랑하는 것이

이렇게도 사람을 고독하게 하는 것인 줄은

예전에는 미처 몰랐구나.

나 짬 날 때면 너에게 한 마음으로 기원한다.

내게는 오직 너 하나의 사랑만이

진실로 소중한 의미란다.

이제부터는 나보다도 더 소중한 이여!

오직 너 안에서 나의 미래

나의 슬픔과 기쁨이 함께 있단다.

너를 사랑한다.

가슴은
사랑으로
채워라

Fill Your Heart With Love
s   i   x

미궁의 창조성

서울대 미주 동창회보 2016년 2월호에 기고한 글 '꿈은 무엇인가요?'에서 꿈 많고 호기심 가득한 EAI(동아시아 연구원 East Asia Institute) 장학생 2기 노은총(서울대학교 사회교육과)양은 후배들에게 한마디 한다.

"비록 저는 20살밖에 되지 않은 인생 풋내기이지만, 후배 분들에게 다음과 같은 말을 해드리고 싶습니다. 앞으로 남은 인생에 뭘 할 것인지에 대해 구체적인 청사진을 벌써부터 가지고 있으면 그 얼마나 따분한 도전일까요? 우리가 미래에 대해 불안해하고 무엇을 할지 모르겠다는 것은 어쩌면 우리 나이에 지극히 당연한 현상일지도 모릅니다. 어렸을 때부터 무엇이 되고 싶은지, 꿈이 무엇인지에 대해 숱하게 묻는 주변의 질문들 때문에 시간적인 압박을 느끼지 마시길 바랍니다. 돈과 명예, 권력 그리고 자신의 과거를 떠나서 지금 내가 즐거워하는 것을 여유롭고 천천히 스스로에게 묻는 시간을 가지세요. 내 삶은 주변 사람들이 아닌 제가 단 한 번 영위하는 것이니까요. 이 말은 제 주변의 많은 도움을 주신 분들께서 해주신 말씀들을 모은 것으로 저 스스로에게 매일 되뇌며 마음을 다잡습니다. 우리의 미래와 꿈에 대해서 불안해하지 말고 천천히 한 걸음씩 떼며 나아가요. 파이팅!"

한편 서울대를 전체 수석으로 졸업한 수재가 선택한 길은 취업이 아닌 창업이었다. 대우가 좋은 대기업도, 안정적인 공무원도 그에겐 자극이 되지 못했다. 인턴으로 일했던 국내 굴지의 대기업과 세계적인 컨설팅 회사의 러브 콜도 받았지만 흔들리지 않았다. 내 힘으로 세상을 바꿔보고 싶어 창업에 도전했다. 2014년 여름 총장상을 받고 전체 수석(학점 4.3 만점에 4.28)으로 서울대를 졸업한 서상훈 어니스트펀드 대표(27)의 선택이다. 앞날을 불안해하는 청년들에게 서상훈 대표는 이렇게 조언한다.

"왜 나를 알아주지 않을까 하는 생각이 들 때가 옳은 길로 가고 있는 거예요. 끝까지 포기하지 않고 도전하면 기회가 분명히 옵니다."

지난해 연말 출간된 책 '창조성의 기폭제 : 창조라는 신비의 실마리를 풀기Wired to Create: Unravelling the Mysteries of Creative Mind'에서 공동 저자인 심리학자 스캇 배리 카우프만과 허핑톤 포스트 작가인 캐로린 그레과르는 아무런 목적이나 의도 없이 그냥 즐겁게 놀다 보면 뜻밖의 창조성이 발휘된다고 한다. 하다못해 샤워를 한다든가 산책을 한다든가 아무 생각 없이 머리를 비운다든가 아니면 한가롭게 백일몽에 빠질 때 모순과 복잡다단한 혼돈 속에서 통제 불능의 즉흥적인 창조성이 발생한다는 얘기다.

창의성을 발휘하는 사람들의 공통된 가장 큰 특징은 어떤 사태나 경험에도 수용적being open to experiences이라는 것과 열정, 특히 자신의 꿈과 비전에 몰입한다는 것falling in love with a dream, it's falling in love with this vision of yourself이란다.

이렇게 누구든 무슨 일이든 뭐든 올테면 와보라고 환영하듯 개방적인 호기심과 열정만 있으면 언제 어디서나 수시로 시도 때도 없이 세런디피티적serendipitous 영감과 창의성이 떠오르는 것이리라. 세상살이가 직선적이 아니듯이 인생도 곡선이요, 사람의 인연도 예측을 불허하는 세런디피티의 연속이 아니던가. 우리 장석주 시인의 미궁을 반추해보자.

미궁

길 없네.
갑자기 길들 사라졌네.
얼굴 다친 나
가슴 없는 나
얼어붙은 구두를 신고
미궁에 빠졌네.

길 없네.
갑자기 길들 사라졌네.
내 앞에 검은 노트
하얀 나무가 자라는 검은 노트
나는 읽을 수 없네.
나는 미궁에 빠졌네.

가슴은
사랑으로
채워라

이 시에 오민석 시인은 이렇게 주석을 단다.

생의 길에서 갑자기 미궁에 빠질 때 얼마나 당혹스러운가. 길이 사라졌을 때 그래서 아득할 때 우리는 비로소 자신을 들여다본다. 얼굴 다친 나, 가슴 없는 내가 보이는 것이다. 하얀 나무가 자라는 검은 노트는 아무 것도 보이지 않는 세계의 모습이다. 그러나 미궁의 캄캄한 절벽을 경험하지 않은 모든 인식은 가짜다. 오히려 괴테가 말했듯이 불가능한 것을 전제함으로써 예술가는 모든 가능한 것을 얻을 수 있을 것이다. 길 없는 곳에 거꾸로 무한한 시작의 긴장이 있다는 릴케의 말을 의지해야 한다.

Fill Your Heart With Love
s e v e n

별들에게 물어봐

혜은이와 패티김 등 여러 가수가 부른 노래 '별들에게 물어
봐'가 있다.

별들에게 물어봐 별들에게 물어봐

사랑하는 까닭에 울어버린 내 마음을

별들은 알고 있어 별들은 알고 있어

사모하는 까닭에 불타버린 내 마음을

알면서도 모르는 체 밉고도 고운 당신 때문에

별들에게 원했어 별들에게 원했어

가 슴 은
사 랑 으 로
채 워 라

나의 님이 돼 주기를 별들에게 원했답니다.

알면서도 모르는 체 밉고도 고운 당신 때문에
별들에게 원했어 별들에게 원했어
나의 님이 돼 주기를 별들에게 원했답니다.
별들에게 물어봐 별들은 알고 있어
별들에게 원했어

이 노래 가사 속 나의 님이 돼주기를 별들에게 원하는 당신
은 내가 사랑하는 사람이겠지만 내가 사는 삶 그 자체일 수도
있으리라. 누구를 위한 삶인가, 생자生者 아니면 사자死者인가
를 별들에게 물어보자는 것일 수도 있다.

영국 웨일즈 출신 시인 딜란 토마스Dylan Thomas(1914−1953)
의 '조용히 깊은 잠에 들지 마라Do Not Go Gentle Into That Good Night'를 우
리 한번 음미해보자.

조용히 깊은 잠에 들지 마라.
나이 들어서도 열정을 불태우고

마지막 순간까지 삶을 찬미하리라.

날이 저물어 삶의 불꽃이 꺼질 때까지 불타오르리라.

Do not go gentle into that good night,

Old age should burn and rave at close of day;

Rage, rage against the dying of the light.

현자賢者들은 날이 저물면 어두워진다는 걸 알지만

그들의 말로 세상을 밝혀주지 못했다고 해서

조용히 깊은 잠에 들지 않는다.

Though wise men at their end know dark is bright,

Because their words had forked no lightening they

Do not go gentle into that good night.

인생의 마지막 파도가 지나갔다며

자신들의 보잘 것 없는 행적이 어느 푸른 초원 아늑한 피안에서

찬란히 빛날 수도 있었으리라고 한탄하는 선남선녀들이여,

날이 저물어 삶의 불꽃이 꺼질 때까지 불타오르라.

Good men, the last wave by, crying how bright

Their frail deeds might have danced in a green bay,

Rage, rage against the dying of the light.

가 슴 은
사 랑 으 로
채 워 라

하늘에 떠있는 해를 쳐다보며 찬양하다

아뿔사, 뒤늦게 해가 지는 걸 깨닫고

슬퍼하는 야인野人들이여,

조용히 깊은 잠에 들지 마라.

Wild men who caught and sang the sun in flight,

And learn, too late, they grieved it on its way,

Do not go gentle into that good night.

죽음에 임박해서 보이지 않는

눈 먼 눈으로 바라볼 수 있는

떨어지는 유성 별똥처럼 밤하늘을

잠시나마 밝힐 수 있으니 당신들도 심각해하지 말고

날이 저물어 삶의 불꽃이 꺼질 때까지 불타오르라.

Grave men, near death, who see with blinding sight

Blind eyes could blaze like meteors and be gay,

Rage, rage against the dying of the light.

그리고 당신, 저 높이 슬픈 곳에 계시는 내 아버지시여,

빌건대 당신의 뜨거운 눈물로 날 저주하고 축복해주소서.

내가 조용히 깊은 잠에 들지 않게.

And you, my father, there on that sad height,

Curse, bless, me now with your fierce tears,

I pray. Do not go gentle into that good night.

날이 저물어 삶의 불꽃이 꺼질 때까지 불타오르리라.

Rage, rage against the dying of the light.

　자, 이제 우리 삶이 살기 위한 것인지 아니면 죽기 위한 것인지 '별에게 물어 볼' 질문으로 돌아가 보자. 우리 인생이 코스모스 바닷가 모래사장의 모래알보다 아주 작은 이 지구라는 별에 잠시 여행 온 소풍이라면, 조만간 여행은 끝나게 되고 귀향이 필연이 아니던가. 끝나지 않는 소풍은 소풍이 아니라면 이 소중한 소풍의 순간순간을 유감없이 추호도 후회 없도록 처음부터 끝까지 즐길 일 아닌가. 이렇게 살다 보면, 사람이 장수하여 천 년 만 년을 산다 한들, 순식간처럼 너무너무 짧게 느낄 수밖에 없지 않겠는가 말이다. 프랑스 작가 빅토르 위고(1802-85)의 '씨 뿌리는 계절'을 음미해보자.

　　지금은 황혼

　　나는 문간에 앉아

가 슴 은
사 랑 으 로
채 워 라

일하는 마지막 순간을 비추는

하루의 나머지를 찬미한다.

남루한 옷을 입은 한 노인이

미래의 수확을 한줌 가득 뿌리는 것을

밤이슬에 젖은 이 땅에서

마음 흐뭇하게 쳐다본다.

그의 높은 그림자가

이 넓은 밤을 가득 채우니

그가 세월의 소중함을

얼마나 믿고 있는지 우리는 알겠다.

농부는 넓은 들판에 오고 가며 씨를 뿌리고

별나라에까지 멀리 씨 뿌리는 이의

장엄한 그림자를 드리워 준다.

우리 최백규 시인의 '할머니의 UFO'도 음미해보자.

할머니는 오늘도 UFO를 기다리신다

(할머니, 우리 돌아가요)

텅 빈 마루에 걸터앉아 바라보는 태양의 불시착

비상하는 노을은 심장에서 멍이 번지는 것

　　저녁의 밀도가 구름 위로 늘어진 가슴을 찬찬히 부여

잡는다.

　　할머니의 몸이 기울어질 때마다 지구는 회전하고 있다

는 사실

　　찢긴 달력의 체온은 36에서 18로, 18에서 4로

　　그리움까지 얼어 날리는 눈꽃

　　찬바람이 맨발로 마당을 꼼지락거리면 눈물은 차올라서

　　과거만 쌓여간다 녹아버리면 다 흩어질 텐데

　　아이 같은 것이, 자식 같은 것들이

　이 시에 조성자 시인은 이렇게 할머니의 모국어를 풀이한다.

　"호기심으로 찾아온 지구별에서 한때는 사랑을 경험하고,

한때는 미움을 맛보기도 하고, 또 한때는 경건의 의미를 찾아

보다가 이제 소슬한 마루 끝에 앉아 집으로 데려다 줄 UFO를

기다리는 시기가 노년이라면 사실 얼마나 행복한 시간인가.

죽음이 그냥 죽음이 아니라 집으로 돌아가는 것이라는 확신만

가　슴　은
사　랑　으　로
채　워　라

있다면 얼마나 즐거운 기다림이 될까. 할머니란 누구인가. 몸이 성성할 때는 생명의 보고였다. 아이 여럿을 탄생시키고 키워 낸, 생명을 관장하던 신의 한 수다. 전방보다는 늘 후방에서 갖은 치다꺼리를 도맡던 사람이다. 별의별 일을 다 겪고도 끄떡도 않는 사람이다. 지문이 닳도록 악천후 같은 삶과 격전을 치러온 전사다. 봄과 여름 그리고 가을을 보내고 겨울의 끝자락에서도 여전히 봄을 기다리는, 그러나 이 땅에서는 다시 봄을 맞이할 수 없는 막다른 지경에 이른 사람. 그래서일까 할머니는 떠나온 별의 안부가 더 궁금하고 떠나온 별을 향한 수구초심으로 하늘을 올려다보는 시간이 잦아진다."

너 나 할 것 없이 우리 모두 어느 별에서 왔다가 알 수 없는 어느 미지의 별로 돌아간다는 건 기정사실이어라!

투명인간 바람직한가

영화나 소설의 단골 소재인 '투명인간'을 실제로 만드는 약이 최근 개발됐다. 따라서 생체조직이 투명해져 빛을 투과하는 구조가 되는 원리로 내장기관의 모습을 그대로 들여다 볼 수 있어 의료분야 연구에 큰 도움이 될 것이란다. 고려대 의대에 재직 중인 선웅 교수 팀은 생체를 초고속으로 투명하게 만드는 것은 물론 원하는 부위만 염색할 수 있는 기술인 '액트−프레스토ACT-PRESTO'를 개발했다고 올해 초 밝혔다.

생체 내 지질막 등을 제거하는 방식으로 실험용 동물의 몸을 투명하게 만드는 기술은 기존에도 있었다. 하지만 투명화 시

가 슴 은
사 랑 으 로
채 워 라

키는데 시간이 너무 오래 걸리는 것이 문제였다. 가령 쥐의 뇌 조직을 투명화 하려면 2~4 주가 걸렸다. 인체 깊은 곳에 위치 한 조직을 염색하기 어렵다는 한계도 있었다. 연구팀이 개발 한 기술은 조직을 투명화 하는 속도를 최대 30배가량 크게 높였다고 한다. 쥐의 뇌를 투명화 하는 데는 6시간, 쥐 신체 전부를 투명화 하는 데는 12시간이 걸렸다. 또 항원-항체 반응을 이용해 생체 조직을 염색하는 방법인 면역염색에 쓰이는 항체의 침투력을 향상시켜 조직 깊은 곳까지 원하는 부위를 염색할 수 있도록 했다.

선웅 교수는 "투명화 기술은 장기 속까지 눈으로 직접 볼 수 있어 각종 장기를 연구할 때 핵심기술이며 특히 뇌과학 분야에서 유용하게 쓰일 것"이라고 말했다. 연구결과는 '네이처^{Nature}' 자매지인 '과학 보고서^{Scientific Report}'에 실렸다. 벌써 몇 십 년 전이던가, 프랑스의 한 과학자가 옷 입은 사람들의 나신을 그대로 투시할 수 있는 안경을 발명했지만 법적으로 제조판매는 불가능할 것이라는 외신보도가 있었다. 당시 나는 이 기사를 보면서 옷 입은 나체를 볼 수 있는 것도 좋겠지만 특히 남녀 간의 속마음을 읽을 수 있는 독심술 돋보기안경이 발명 된다면 더욱 좋겠다는 생각을 했었다. 심각한 오해가 생길 수 있을 뿐만 아니라 피곤하고 구차스런 밀당을 생략할 수 있고, 시행착오나 강간행위의 후유증 등을 예방하기 위해서라도 말이다.

　지난 2월 25일 이윤기 감독이 만든 영화 '남과 여'가 개봉하기 직전 가진 인터뷰에서 핀란드에서 우연히 만난 상민(전도연)과 사랑에 빠지는 기홍을 연기한 배우 공유는 자신의 연애 스타일에 대해 이렇게 말했다.

　"사랑에 수동적인 편이에요. 좋아하는 이성이 있어도 상남자처럼 다가가지 못하는 것 같아요. 그래서 능동적인 성향의 여자를 만났을 때 편한 게 있어요."

　쥐(병자생)해에다 음력으로 동짓달 쥐 달에 태어나서 범의 심장을 갖지(영어로 표현하자면 사자의 심장을 갖지 못하고 lionhearted)못하고 새앙쥐 심장의(영어로는 병아리 심장의 chickenhearted) 소심한 탓이었을까, 사춘기 때 나 역시 숫기가 모자라서 적극적으로 접근하지 못하고 벙어리 냉가슴 앓듯 하다 차라리 내가 좋아하는 여자한테 강간이라도 당해봤으면 했던 적도 있었다. 설혹 사람의 알몸뿐만 아니라 속맘을 훤히 볼 수 있는 심신心身의 투명인간이 가능해진다 해도 이것이 꼭 바람직한 일일까?

은은하고 깊은 아름다움은 노출보다 가리는 데 있고, 입 밖에 내뱉는 말보다 가슴 깊이 묻어 둔 말이 더 감동적이듯, 보물찾기나 술래잡기나 선물 보따리도 미리 다 볼 수 있고 알 수 있다면 무슨 재미와 감흥이 있으랴! 그리고 인생살이도 마찬가지 아니랴! 모든 게 단 한 번뿐이기에 말이어라.

우리 1996년 노벨 문학상을 수상한 폴란드의 여류 시인 비스와바 쉼보르스카(1923-2012)의 '두 번은 없다'를 곱씹어 보자.

두 번은 없다.
지금도 그렇고 앞으로도 그럴 것이다.
그러므로 우리는 아무런 연습 없이 태어나서
아무런 훈련 없이 죽는다.
우리가 세상이란 이름의 학교에서
가장 바보 같은 학생일지라도
여름에도 겨울에도 낙제란 없는 법
반복되는 하루는 단 한 번도 없다.
두 번의 똑같은 밤도 없고
두 번의 같은 입맞춤도 없고

힘겨운 나날들 무엇 때문에 너는
쓸데없는 불안을 두려워하는가.
너는 존재한다, 그러므로 사라질 것이다.
너는 사라진다, 그러므로 아름답다.

　　　－바르샤바 대학에서 공부한 최성은 옮김

꿈보다 해몽이지

    한국일보 오피니언 페이지에 연재되고 있는 강정 시인의 '강
정의 길 이야기-찌질함의 찬가'에서 강정 시인은 찌질함에 대
해 이렇게 언급하고 있다.

    "샹송 명인 자크 브렐의 '날 떠나지 마세요Ne me quitte pas'는 속
된 말로 찌질함의 극치를 보여주는 노래다. 연인의 바지춤을
붙들며 당신 손의 그림자라도 되고 당신 개의 그림자라도 되
고 싶다며 울고 불며 매달리는 내용이다. 남자 체면이고 자존
심이고 없다. 사뿐히 즈려밟고 가시라는 소월의 결연함은 차
라리 우아할 정도다. 못 살 것 같으면 눈물 콧물 다 빼서라도

붙들어야지 어쩌겠는가. 아닌 척 모른 척 섬세하게 가꾸는 사랑이더라도 결국 터질 때엔 터지기 마련이다. 사랑은 때로 스스로 무너지는 굴욕마저 기꺼워하도록 만든다. 단, 당신 개의 그림자라도 되려다가 개만도 못한 인간으로 추락하는 일은 조심할 것”

  물론 이 ‘찌질함의 찬가’는 강정 시인의 반어법대로 그 끝에 단 단서인 ‘당신 개의 그림자라도 되려다가 개만도 못한 인간으로 추락하는 일은 늘 조심할 것’에 방점이 찍혀있지만, 이 찌질함의 찬가에 아래와 같은 ‘찌질함의 반反찬가’로 화답해보리라.

  사람은 누구나 언제 어디서든 자기 자신에게 솔직한 것 이상으로 정직하고 진실할 수 없다면 나 자신에게나 다른 사람 그 누구에게도 절대로 억지를 쓸 수 없는 일이다. 특히 사랑에 있어서는 그 더욱 그렇지 않은가. 우선 나 자신부터 그 누구를 억지로 좋아할 수 없는데 어찌 다른 사람보고 날 좋아해 달라고 억지를 부릴 수 있겠는가. 누굴 좋아하는 게 내 자유라면 다른 사람은 날 싫어할 자유가 있지 않겠는가. 천만 다행스럽게도 내가 좋아하는 사람 또한 날 좋아한다면 별문제이겠지만, 좋아하지 않는데도 억지로라도 날 좋아해달라고 떼쓰는 일이야말로 찌질함이 아닌가. 처음엔 좋았다가 나중엔 싫어질 수도 있는 게 사람 맘이라면 한 번 좋았다고 천 년 만 년 영원무궁토록 좋아하라고 주문할 수 없는 일 아닌가. 그런데도 처음에 좋아했으니 끝까지 좋아해 달라는 것 역시 찌질함일 것이다. 젊었을 때 하는 사랑이란 호르몬작용에 불과하다는 말이 있지만, 진정한 사랑이란 내 욕심이나 욕정을 채우는 게 아니고, 애인이나 연인이고, 부모나 형제이고, 자식이나 손자 손녀이고 간에 그 누가 되었든 무조건 상대방을 위하고 상대방이 행복하도록 나의 최선을 다하는 게 아닌가.

그렇다면 참된 사랑이란 결코 절대로 강요하거나 구걸할 수 없는 것이거늘, 상대방의 마음에 털끝만치라도 부담을 주고 나아가 내가 '사랑한다'는 사람을 이렇게든 저렇게든 괴롭힌다는 것이야말로 '사랑'과 정반대를 하는 '찌질함의 극치'라고 해야 할 것 같다. 아무리 내가 그 누구를 죽도록 미치도록 사랑한다 해도 상대방은 그렇지 않다면, 내가 사랑할 수 있는 길은 오로지 더 이상 상대방을 괴롭히지 않고 멀리서나마 상대방의 행복을 진심으로 언제까지나 간절히 빌어주는 일 아니랴. 네가 행복해야 내가 행복할 수 있으니까 말이어라. 옛날 옛적부터 인생은 일장춘몽이라 하듯이 꿈꾸듯 하는 게 인생이라면, 진정 꿈속에서 꿈꾸는 게 우리 삶이리라. 그럼 우리가 자면서든 깨어서든 쉬지 않고 꾸는 꿈을 어찌 해석하는 가에 따라 우리 삶이 낮과 밤처럼 달라지리라. 그 한 예를 들어보자.

처妻와 첩妾의 해몽

한 선비가 있었는데, 아내와 다정하게 잘 살다가 친구의 소개로 첩을 얻게 되었다. 그 뒤로 이 선비는, 첩과 더불어 살면서 본처를 박대하여, 돌아보지 않았다. 그러던 어느 날, 이 선비가 잠을 자다가 다음과 같은 꿈을 꾸었다. 머리에는 말통(열 되가 들어가는 사각의 나무통)을 이고, 발에는 나무로 된 나막신을 신고 허리에는 기 풀로 만든 띠를 두른 채 손에는 피가 흐르는 음호陰戶를 쥐고서, 조상의 신주를 모신 사당으로 들어가는 꿈이었다. 이에 선비는 매우 괴이해서 이런 저런 생각을 하다가 마음이 산란하여 첩에게 꿈 이야기를 자세히 들려주자 첩은 한마디로 이렇게 대답했다.

"예, 설명해 드리겠습니다. 첫째로, 머리에 말통을 썼으니, 이것은 곧 죄를 짓고 형벌을 받아 옥에 갇혀 큰 칼을 쓸 징조를 나타냅니다. 둘째로, 허리에 기라는 풀로 엮은 띠를 둘렀으니 이것은 죄를 짓고 붉은 색의 오랏줄에 묶여 끌려갈 징조라 하겠습니다. 셋째로, 나막신을 신었다는 것은 옥에 갇혀, 나무로 된 형구인 질곡桎梏을 발에 차게 될 징조입니다. 넷째로, 손에 피가 흐르는 여인의 음호를 쥐고 있었다는 것은 형벌을 받아 머리가 잘려 피를 흘릴 징조라 할 수 있습니다. 그리고 끝으로 조상의 신주를 모신 사당으로 들어간 것은, 사형을 받고 죽어서 혼백이 가묘家廟에 들어간다는 것을 나타내고 있습니다. 그러니 필시 죄에 몰려 죽을 매우 흉한 꿈이 틀림없습니다."

첩은 이와 같이 아주 세밀하고 자신 있게 해몽하여 매우 불길한 징조인 것으로 설명했다. 이에 선비는, 첩의 설명이 모두 그럴듯하므로 마음이 혼란스럽고 두려운 생각이 들어 밥이 목구멍으로 넘어가지 않았다. 그리고 혼잣말로 이렇게 중얼거렸다.

'우리 가문이 불행하여 곧 큰 재앙을 만날 것 같으니, 내 화를 당해 견디기 어려운 고통을 겪기보다 차라리 스스로 목숨을 끊는 편이 훨씬 나을 것 같다.'

이렇게 생각하면서 그 날부터 머리를 싸매고 드러누워 식사를 제대로 하지 않았다. 그러자 이 소식을 전해들은 선비의 아내는 비록 남편이 첩과 살면서 자신을 박대하지만, 그래도 부부의 정으로 모른 척 할 수는 없는 일이라 생각하고 누워있는 남편을 찾아가 물었다.

"여보, 당신의 병이 무엇 때문에 생긴 것인지 알고 싶습니다."
"보구려, 내 얼마 전에 이러저러한 꿈을 꾸었소. 그래서 첩에게 얘기했더니 해몽이 몹시 불길하기에 내 미리 죽으면 집안의 화를 면할 수 있을까 하여 죽으려고 식음을 폐하고 있는 중이라오."

이에 아내는 한참 동안 생각하더니 입을 열었다.

"여보! 그 꿈은 매우 좋은 길몽인데, 무슨 걱정을 해요?"
"길몽이라니? 어떻게 해석을 해서 길몽이 되오?"
"들어 보세요. 말통을 이고 있었다는 것은, 말통은 네모진 물건이라 반드시 사모紗帽를 쓸 징조입니다. 허리에 기라는 풀로 만든 띠를 둘렀다고 했지요? 기는, 콩깍지를 뜻하는 글자이기도 합니다. 콩깍지는 깍지라고도 하니 곧 뿔로 만든 각지角指의 뜻으로도 풀이됩니다. 이것을 허리에 둘렀으니까 곧 각대角帶(벼슬한 사람이 띠는 띠)를 그렇게 표현한 것으로 볼 수 있습니다. 또 발에 신었다는 나막신은 곧 목화木靴(사모관대에 신는 장화 같은 신)를 뜻하며, 손에 쥐었다는 피 묻은 여자의 음호도 매우 좋은 의미를 담고 있습니다. 피는 붉은 색을 나타내며, 음호는 보통 하는 말로 보지가 되니까, 보지寶紙(중요한 것을 기록한 종이)를 같은 음으로 숨겨서 표현한 것입니다. 그래서 붉은 색의 보지란 홍보지紅寶紙를 의미하니, 회시會試 과거에 급제했을 때 합격을 알리는 홍패紅牌가 되므로, 반드시 급제할 징조입니다. 따라서 머리에는 사모를 쓰고 허리에는 각대를 두르고 발에는 목화를 신고서 손에 홍패를 쥐고, 조상의 신주를 모신 사당으로 들어가 배례한다면 이게 대길大吉이 아니고 무엇이겠어요?"

아내의 풀이를 들은 선비는 어둠 속에서 촛불을 켠 것처럼 마음이 환해졌다. 그래서 일어나 마음을 먹고 식사를 하여 기운을 회복하고는, 그 해 봄 과거에 급제했다. 이 후 선비는 첩을 내보내고 아내와 화락하게 살면서 여러 관직을 두루 거쳐 말년에는 제상 자리에까지 오르며 부부가 늙도록 해로했다고 한다.

남녀의 풍수지리설風水地理說

요즘 아래와 같은 남녀의 지리학Geography: Male vs Female이 회자되고 있다.

여성의 지리학The Geography of a Woman

18세부터 22세까진 여성은 아프리카와 같다. 반쯤은 발견 되었으나 나머지 반은 아직 미개의 야생적으로 비옥한 자연 그대로의 아름다움을 지니고 있다. Between 18 and 22, a woman is like Africa. Half discovered, half wild, fertile and naturally beautiful!

가 슴 은
사 랑 으 로
채 워 라

23세부터 30세까진 여성은 유럽과 같다. 잘 발달했고 특히 재력 있는 사람에게 흥정이 가능하다. Between 23 and 30, a woman is like Europe. Well developed and open to trade, especially for someone of real value.

31세부터 35세까진 여성은 스페인과 같다. 굉장히 정열적이고 느긋하며 자신의 아름다움에 자신만만하다. Between 31 and 35, a woman is like Spain. Very hot, relaxed and convinced of her own beauty.

36세부터 40세까진 여성은 그리스와 같다. 기품 있게 나이 들었으나 아직도 따뜻하고 방문할만한 곳이다. Between 36 and 40, a woman is like Greece. Gently aging but still a warm and desirable place to visit.

41세부터 50세까진 여성은 영국과 같아 영광스러운 정복의 과거를 지니고 있다. Between 41 and 50, a woman is like Great Britain, with a glorious and all conquering past.

51세부터 60세까진 여성은 이스라엘과 같다. 산전수전 다 겪었기에 똑 같은 실수를 반복하지 않고 신중히 일을 처리한다. Between 51 and 60, a woman is like Israel. Has been through war, doesn't make the same mistakes twice, takes care of business.

61세부터 70세까진 여성은 캐나다와 같다. 자신을 잘 보존 하면서도 새사람을 만나는데 개방적이다. Between 61 and 70, a woman is like Canada. Self-preserving, but open to meeting new people.

70세 이후로는 그녀는 티베트와 같아 신비스러운 과거와 만고의 지혜로 자연적인 아름다움을 발산하면서도 영적인 지식을 갈망하는 모험심의 소유자다. After 70, she becomes Tibet. Wildly beautiful, with a mysterious past and the wisdom of the ages. An adventurous spirit and a thirst for spiritual knowledge.

남성의 지리학The Geography of a Man

한 살부터 90세까지 남성은 북한과 짐바브웨와 같아 불알 두 쪽의 지배를 받는다. Between 1 and 90, a man is like North Korea and Zimbabwe; ruled by a pair of nuts.

아, 그래서 서양에선 자고이래로 남자는 자지로 생각한다A man thinks with his penis고 하나 보다. 그렇다면 여자는 보지로 느낀다A woman feels with her vulva라고 해야 하리라. 이것이 남녀의 지리학이라기보다 지정의知情意의 풍수지리설風水地理說이 되리라.

자, 이제 우리 홍용희 문학평론가의 '시집 깊이 읽기' 평론,

가 슴 은
사 랑 으 로
채 워 라

'문정희 시선집' '사랑의 기쁨' 그 끝부분을 같이 심독深讀해보
자.

"문정희의 시 세계가 도처에 거침없고 원색적이고 엽기적인
면모를 노정하는 것은 에로스의 후예로서 누구보다 정직하고
충실하다는 반증이다. 그렇다면, 그의 이러한 시적 삶의 의미
와 가치는 무엇일까? 다음 시편은 이에 대한 대답을 깊고 유
현하게 암시하고 있는 것으로 보인다. 에로스적 삶과 상상은
종교적 신성성의 경지 이전이면서 동시에 그 이후라는 견성을
열어 보이고 있다.

돌아가는 길

다가서지 마라
눈과 코는 벌써 돌아가고
마지막 흔적만 남은 석불 한 분
지금 막 완성을 꾀하고 있다
부처를 버리고
다시 돌이 되고 있다
어느 인연의 시간이

눈과 코를 새긴 후

여기는 천 년 인각사 뜨락

부처의 감옥은 깊고 성스러웠다

다시 한 송이 돌로 돌아가는

자연 앞에 시간은 아무 데도 없다

부질없이 두 손 모으지 마라

완성이라는 말도

다만 저 멀리 비켜 서거라

   석불이 석불마저 내려놓고 있다. 그리하여 다시 돌이 되고 있다. 이때 돌은 부처의 경지 이후이다. 부처가 된 이후에 다시 회귀하는 돌이기 때문이다. 절대적인 완성의 경지라고 할 수 있을 것이다. 부처의 눈과 코를 새긴 어느 인연의 시간을 넘어서고 있는 것이다. 부처의 감옥은 깊고 성스러웠으나, 그 깊고 성스러움마저 버리고자 하는 것이다. 여기에서 더 나아가 시상의 흐름은 부처 이후의 완성의 경지라는 말도 내려놓고자 한다. 어떤 규정이나 굴레로부터 완전히 벗어난 자유자재의 세계를 노래하고 있다. 문정희가 에로스의 정령과 에로스의 모순적 삶을 집중적으로 추구하는 시집에서 다시 한 송이 돌로 돌아가는 자연을 노래하고 있는 까닭이 무엇일까? 그

것은 에로스의 욕망은 종교적 신성성을 넘어서는 절대적 근원의 영역임을 일깨워 주고 있는 것이 아닐까? 에로스의 환희와 절망이 교차하는 전쟁 같은 원초적 과정이 부처의 세계보다도 더 크고 본질적이라고 말하고 있는 것이 아닐까? 따라서 시선집 '사랑의 기쁨'은 부처의 감옥이나 완성이라는 말에서도 자유로운 절대적인 근원의 자연을 추구하고 있음을 전하고 있는 것이 아닐까. 위의 시편은 에로스의 존재성과 이 시집 전반의 의미에 대한 질문과 답변을 지속적으로 제기한다."

어쩜 그 '질문과 답변'이란 모름지기 자(연)지(구), 보(존)지(구)이리라. 우리 문정희 시인의 '늙은 꽃'을 감상해보자.

어느 땅에 늙은 꽃이 있으랴
꽃의 생애는 순간이다
아름다움이 무엇인가를 아는 종족의 자존심으로
꽃은 어떤 색으로 피든
필 때 다 써버린다
황홀한 이 규칙을 어긴 꽃은 아직
한 송이도 없다
피 속에 주름과 장수의 유전자가 없는

꽃이 말을 하지 않는다는 것은 더욱 오묘하다
분별 대신 향기라니

이 시에 오민석 시인은 이렇게 주석을 단다.

"꽃은 한 번 필 때 모든 것을 다 써버림으로써 순간의 생애
를 산다. 그것은 순간에 완벽을 이룬다. 순식간에 만개하고 멈
춰버리는 삶은 늙을 틈이 없다. 그러니 어느 땅에 늙은 꽃이
있으랴. 이 황홀한 규칙은 시간을 초월해 있다. 시간의 계산이
개입할 수 없는 이 생애. 그것은 너무나 짧고도 완벽하기 때
문에 분별을 필요로 하지 않는다. 오직 향기뿐"

아, 정녕 그렇다면, 남녀노소 할 것 없이 우리 모두 하나같
이 반짝 피었다 시들고 사라지는 별꽃들이어라.

Fill Your Heart With Love

e l e v e n

위선爲善과 위악僞惡은 같은 것

정반대의 매력과 리더십으로 출연하는 프로그램마다 대박을 내는 유재석과 김구라는 현재 예능계 양강 체제를 이루고 있다는데 이 두 MC의 성공 비결은 무엇일까. 국민MC, 유느님, 갓재석, 유재석 is 뭔들 등 칭찬을 넘어 찬양 수준의 수식어가 붙는 온화한 유재석은 단순히 설탕과 버터로 프로그램을 진행할 뿐만 아니라 그의 숨은 미담 사례는 부지기수란다.

반면에 극히 대조적으로 늘 찡그린 얼굴에 공격적인 말투, 소금과 식초로 게스트에 대한 예의보다는 짓궂은 돌직구를 날리는 김구라의 불만 가득한 인상과는 달리 그 특유의 츤데레(

쌀쌀맞은 듯하지만, 속정이 깊은) 성향이 따뜻하고 노련한 그의 배려심의 발로라는 평이다. 유재석이 위선자僞善者라면 김구라는 위악자僞惡者라 할 수 있겠고, 이 둘 다 우열을 가릴 수 없는 낮과 밤처럼 음양의 상호보완적인 조화를 이룬다고 해야 하리라. 하지만 이 양면의 장단점을 우리 한 번 좀 살펴보자.

영어를 포함한 서양 언어에는 위선자僞善者란 말은 있어도 위악자僞惡者란 단어는 없는 것으로 알고 있다. 사람이면 누구나 다 장단점이 있게 마련이고, 자신의 장점부터 보여주는 사람이 위선자僞善者라면 그 반대로 제 단점부터 보여주는 사람은 위악자僞惡者라고 할 수 있으리라. 그리고 세상만사에서도 무슨 일을 시도하든 좋은 결과를 기대하기 보단 그 반대의 경우를 미리 각오해두면 크게 실망할 일도 없지 않겠는가. 그래서 예부터 우린 진인사 대천명이라고 하듯이 영국 사람들은 전혀 기대를 하지 말고 최악에 대비하라. Have no expectations and be ready for the worst고 한다.

최근(2016년 2월 27일과 28일) 미국 LA에서는 임시 분노방이 개설 되었다. 2011년 텍사스주의 댈러스에서 시작된 분노방Anger Room이 시장조사 겸 전국순회에 나섰는데 소비자들의 반응이 아주 열광적이란다. 따라서 뉴욕과 시카고 등 각지에 분노방이 연쇄적으로 생기고 있다. 5분에 25달러, 10분에 40달러, 25분에 75달러로 가격이 만만치 않은데도 매진 상태란다. 이는 다름 아니고 세상에 속이 부글부글 끓는 시한폭탄 같은 사람들이 그만큼 많다는 말이다.

파괴를 통해 카타르시스를 맛보는 분노방은 미국보다는 유럽이나 캐나다에서 성행하고 있다. 미국에서는 댈러스의 도나 앨릭샌더가 처음 아이디어를 냈고, 2008년 못 쓰는 물건들이며 가재도구들을 자기 집 차고에 모아놓고는 막 부수며 스트레스를 푸는 파티를 열었단다. 이 이색 파티가 입 소문을 타고 인기를 끌자 3년 후 그는 비즈니스로 분노방 '앵거 룸'을 열게 되었다. 앵거 룸은 직장, 거실, 부엌 등으로 꾸며져 있어 고객은 원하는 방에 들어가서 마음껏 뒷이고 때려 부술 수가 있다. 직장 스트레스가 심한 사람이라면 책상, 의자, 컴퓨터 등 사무실 집기가 있는 방을 선택하고, 애인에게 방금 배신당한 여성은 부엌방에 들어가 접시들을 모조리 깨뜨려 버릴 수가 있다.

캐나다의 토론토에 있는 분노방의 경우, 소비자들은 부수고 싶은 기물들을 선택할 수가 있는데 가장 인기 있는 품목이 프린터라고 한다. 사무실 마다 프린터 고장이 잦다 보니 당장이라도 때려 부수고 싶은 사람들이 많다는 얘기다. 분노방을 찾는 사람들은 두 부류인데 그냥 재미로 가는 사람들이 있나 하면 진짜로 열 받은 사람들이지만 어쩌다 한번이지 단골이 되면 툭하면 뭐든지 때려 부수고 싶어져서 분노조절에 심각한 문제가 생길 수 있다는 지적이다.

아, 그렇다면 보다 본질적이고 실존적인 대처방안이 있지 않겠는가. 태어나면서부터 천 년 만 년 살 생각하기보다 언제든 죽을 각오를, 연애고 결혼이고 사업이고 시작할 때부터 실연과 이혼과 실패를 각오 한다면, 밑져 봤자 본전이요, 실망 끝에 절망한 나머지 자살이라도 할 필요 없지 않겠는가. 이야말로 패배주의라기보다 가장 확실한 실망 예방책이리라.

그러할진대 처음엔 천사의 얼굴보단 악마의 얼굴을 한 위악자僞惡者로 행세하는 편이 사람들을 덜 실망시키고, 처음부터 일이 뜻대로 안 될 것에 대비한다면, 크게 화낼 일도 속상해 할 일도 없지 않겠는가. 그러니 유재석의 입장보다는 김구라의 입장이 더 낫지 않겠는가. 하지만 악마 없인 천사가 있을 수 없듯이 천사 없인 악마 또한 있을 수 없어 둘 다 동전의 양면 같다 해야 하리라. 악이 아닌 선을 도모하는 게 위선자僞善者라면 악의 탈을 쓰고 선을 도모하는 게 위악자僞惡者라고 할 수 있으리라. 그러니 위선僞善이나 위악僞惡이나 같은 것이리라.

가슴은
사랑으로
채워라

보이지 않는 물질

지난 3월에 있었던 인간대표격인 이세돌과 인공지능의 화신이라 할 알파고의 대결을 전후해서 전 세계의 이목이 쏠리면서 인류의 미래에 대한 의론이 분분했다. 미래학자 엘빈 토플러는 농경시대인 제1의 물결, 산업화시대인 제2의 물결 다음으로 제3의 물결인 정보혁명을 예고했었는데, 이제 제4의 물결인 인공지능혁명을 맞고 있는 것 같다.

기계가 인간처럼 아니 인간 이상으로 생각하게 된다면 우리 인간은 어찌 될 것인가. 얼마 전까지만 해도 공상과학소설 같던 일들이 현실이 되고 있지 않은가. 컴퓨터의 성능이 상상을 초월할 정도로 날로 발전하고 있다. 인공지능이 인류에게 공헌할 것인지 아니면 그 반대로 부정적인 결과만 초래할 것인지에 대해 과학자, 발명가, 기업가, 미래학자들은 상반되는 의견을 피력하고 있다. 몇 사람의 말을 들어보자.

　발명가이며 미래학자로 구글의 엔지니어링 책임자인 레이 커르츠바일Ray Kurzweil은 인공지능이 2029년까진 인간수준에 도달할 것으로 믿는다. 각종 질병을 치료하고 자연환경의 오염을 제거할 수 있는 테크놀러지technology의 가능성을 감안하면, 우리는 인공지능의 위험성을 통제하면서도 긍정적인 면을 활용해야 한다고 강조한다. 컴퓨터 프로그래머로 스탓업 인큐베이터 와이 콤비네이터Startup Incubator Y Combinator 대표인 샘 알트만Sam Altman은 현재 모든 사람이 사용 가능한 인공지능의 오픈-소스 버전open-source version을 개발 중인데 자체를 검열 사찰해서 인류에게 유익한 용도만 고안할 수 있을 것으로 낙관한다.

　베스트셀러 저자이면서 순수이론물리학자 겸 미래학자인 미치오 카쿠Michio Kaku는 실질적이고 긴 안목을 갖고, 인공지능을 21세기 말의 문제라며 만일 그때까지도 탈선하는 인공지능 로봇을 통제할 다른 방법을 찾지 못한다면 그 로봇두뇌에 칩을 넣어 꺼버리면 될 것이라고 말한다. 기업가로 자선사업을 해오고 있는 마이크로소프트 공동 창업자인 빌 게이츠는 가까운 장래엔 저성능 인공지능이 인간의 노동력을 대신하는 도구가 되겠지만 몇 십 년 후에 고성능 초지능super intelligent 기능체계systems로 발전하면 우려할 일이라고 전망한다.

　블랙 홀 물리학의 개척자로 저명한 천체물리학자인 스티븐 호킹은 인공지능이야말로 인류역사상 최대의 사건the biggest event in human history으로 기적적이고 동시에 불행한 사태라며, 우리가 이 인공지능의 위험을 피할 방법을 강구하지 못한다면 인류의 종말을 고할 수도 있다고 경고한다. 옥스퍼드 대학 인류의 미래 연구원 원장Director of The Future Of Humanity Institute at Oxford University 닉 보스트롬Nick Bostrom은 인공지능이 급작스럽게 악성화 되어 인간들을 없애버릴 수 있을 거라며, 경제적인 기적과 기계문명의 경이로움을 이룩하겠지만 그런 세상이란 마치 어린이들이 없는 디즈니랜드Disneyland without children와 같을 거란다. 스페이섹스Spacex 창업자로 텔사 모터스Telsa Motors 최고경영자인 엘론 머스크Elon Musk는 인공지능을 우리의 실존적인 최대 위협our biggest existential threat이라며 악마를 불러오는summoning the demon격이라고 걱정한다.

　2016년 3월 7일자 중앙일보 오피니언 페이지 중앙시평 칼럼 '알파고가 이긴다면 누구의 승리?'에서 허태균 고려대 심리학과 교수는 아래와 같은 의문을 제기한다.

"바둑이 뭔지도 모르고, 왜 이겨야 하는지도 모르면서 바둑을 밤낮으로 두고 있는 알파고를 보면서, 문득 한국의 청소년들이 생각났다. 우리의 자녀들은 매일 외우고 문제를 풀고, 시험을 보며 살아가고 있다. 사실 그 노력, 학습량과 속도, 경쟁을 생각하면 전 세계를 상대로 한 달에 100만 대국을 둔다는 알파고에 못지않다. 그런데 우리의 청소년들은 왜 그러고 있을까. 그 공부와 결과가 무엇을 의미하는지를 알고는 있을까? 한국은 여전히 사람의 덕목에 지적 능력만 있다고 믿었던 초기의 인공지능 과학자처럼 보인다. 아마 대부분이 알파고 정도의 지적 능력을 가진 자녀를 꿈꿀 거다. 자녀들을 인공지능과 경쟁시키려 한다면 그건 멍청한 짓이다. 어차피 지게 될 게임이니까. 인간이 미래의 인공지능보다 궁극적으로 앞서는 것은 바로 그게 무엇이건 간에 그걸 하는 이유를 알 수 있다는 것이다. 이세돌과 알파고 중 누가 이기든 승자는 이미 정해져 있다. 바로 구글의 운영진은 이 경기의 의미와 왜 이겨야 하는지를 안다. 그래서 이기고 싶어 한다. 알파고는 그냥 집만 계산하는 기계다. 지금 한국의 청소년들은 과연 구글 운영진과 알파고 중 누구로, 무엇으로 키워지고 있을까?'

세계 정상의 프로기사 이세돌 9단과 미국 기업 구글 딥마인드가 만든 인공지능 바둑 프로그램 알파고 간 세기의 대결을 앞두고 과학계에선 이 기사에게 의외의 수를 둬야 승산이 있다고 주문했었다. 이는 아무리 비상하고 우수한 기계라도 인간의 순간적 판단력, 직관력, 호기심, 모험심, 희망, 희생과 같은 인간만의 고유한 인간미를 절대로 흉내 낼 수 없다는 계산에서 나온 조언이었으리라. 이는 다시 말해 우주의 신비, 모든 것을 창조하는 기적, 도저히 어림잡을 수 없는 사랑을 인간만이 할 수 있기 때문이리라. 그러니 인간이 목수라면 인공지능이든 뭐든 모든 기계는 연장에 불과하리라.

무궁무진한 우주에 가득 차 있는 물질을 어두운 물질^{dark matter}이라고 한다. 독일어로는 dunkle Materie이라고 과학자들은 부르지만 이 보이지 않는 물질^{this invisible matter}은 바로 사랑임에 틀림없어라.

Fill Your Heart With Love
t h i r t e e n

내가 파랑새요
내 삶이 무지개다

2016년 3월 9일자 미주판 한국일보 오피니언 페이지 전문의 칼럼 '행복을 찾아서'에서 필자인 천양곡 정신과 전문의는 한 젊은 환자 사례를 들어 "행복은 무슨 목적을 세우고 그것을 성취하는 데서 얻어진다기보다 목적을 향해가는 순간순간의 과정이 행복으로 통하는 길인 듯싶다. 이렇게 보면 행복을 찾아다니고 있는 환자가 실은 행복한 사람인지도 모른다"고 했다. 그러면서 그는 이 환자를 다음과 같이 소개한다.

"클리닉에 올 때마다 배낭을 메고 오는 젊은 환자가 있었다. 처음에는 궁금하여 어디 가느냐고 물었더니 행복을 찾아다니

가 슴 은
사 랑 으 로
채 워 라

는 중이라고 말했다. 그는 다른 환자들에 비해 비교적 좋은 환경에서 자랐지만 대학입학 전에 정신분열 증세를 보이기 시작했다. 부모 말에 의하면 여자 친구와 결별한 후 딴 사람이 되었다. 당시 밥 먹고 자는 것을 제외하고는 하루 종일 허공만 쳐다보고 있어 정신과 입원치료도 받았다. 퇴원 후 우리 클리닉으로 의뢰되어 온 환자였다. 급성 분열 증세는 거의 가라앉았지만 지금도 그의 생각은 비현실적인 게 많다. 정신과 약도 복용하고 상담도 받고 있지만 자기 병을 고쳐 줄 수 있는 것은 오로지 행복뿐이라고 믿었다. 행복을 눈에 보이는 실체로 생각하여 그것을 찾기 위해 몇 년 동안 여기저기를 돌아다니고 있었다. 행복이 있을 만한 부자동네, 헐리웃, 교회, 성당, 템플 등을 며칠씩 서성거려도 행복은 보이지 않았다. 행복이란 보이지 않고 마음속에 있는 것이라는 가족들의 말도 믿지 않고 계속 배낭을 메고 행복을 찾아 헤매고 있었다."

이게 어디 이 환자만의 경우일까. 우리 모두의 얘기가 아닌가. 문제는 모든 이들의 기대치가 너무 외형적이고 비현실적으로 높거나 내가 진정으로 좋아하는 것이 아닌 까닭이 아닐까. 달리 표현하자면 무지개가 아름다운 건 한 가지 색깔이 아니기 때문이란 걸 깨닫지 못하는 데 있는 것이 아닐까. 영어에 '기도하는 예언자praying mantis'란 단어가 있는데 사마귀가 곤충을 잡아먹기 직전에 중세의 수도승처럼 경건하게 두 손을 모아 기도하는 모습에서 생긴 말이란다.

이 mantis는 mania와 어원이 같은데 전인도유럽어의 men-에서 유래했다는 마니아는 정신적^{mental}이라 할 때 그 men-같이 생각한다는 뜻이란다. 의학적으로 마니아는 양극성 장애^{Bipolar Disorder}라고 조울증이라 일컫는 Manic Depressive Disorder의 명사형으로 14세기경 흥분이 심하거나 망상이 생기는 정신병을 지칭했고, 18세기 이후로는 어떤 단어 끝에 이 말이 붙으면 '광적인 집착'을 의미하는 합성어가 되었다. 이를테면 색광증^{nymphomania}이라거나 색정광^{erotomania} 또는 과대망상증^{megalomania} 등에다 2016년 미국 대선에서 도널드 트럼프를 미치게 좋아한다는 트럼프광^{Trump mania}이라는 말까지 생겼다.

미국의 많은 유권자들이 트럼프에 열광하는 이유 중에 한 가지는 기성 정치인들의 천편일률적으로 세련되게 가식적이고도 위선적인 정강정책과 유세에 번번이 속고 식상할 대로 식상한 사람들이 마치 안데르센 동화 황제의 새 옷^{The Emperor's New Clothes}에 나오는 임금님처럼 벌거벗고 활보하면서 자지를 비롯해서 내 것은 사이즈가 다 크다^{I have a big penis and everything I have is big}고 뽐내는 그의 막가파식 저질 코미디 뺨칠 정도의 적나라한 막말에, 정도의 차이는 있겠지만 공감하는 일종의 색광증이라고 할까 아니면 과대망상증의 대리만족을 느끼는 것인지 모를 일이다.

그렇다면 이런 현상이야말로 발육부전에 기인한 성인 특히 남성들의 유치증infantilism이 아닐까. 몸만 컸지 마음이 전혀 자라지 못한, 사랑을 먹고 자라야 할 아이가 사랑이란 영양실조로 생기는 증상이리라. 성추행이나 성폭행 등 남성의 공격적 행동, 곧 폭행이 여성의 뇌에 큰 영향을 미치는 것으로 드러났다. 미국 럿거스대 연구팀이 최근 발표한 보고서에 따르면 여성이 이러한 성폭행을 당하면 뇌에서 스트레스 호르몬을 생성-분비해 모성애를 형성하는데 영향을 미치고 특히 모성애가 발달하기 시작하는 사춘기에 큰 영향을 미친다고 분석했다.

한편 질병통제예방센터(CDC)에 의하면 미국 내 여성 5명 중 1명꼴로 성추행이나 성폭력을 당한다. 피해 여성은 우울증, 외상 후 스트레스 장애 등 심각한 심리적 문제로 고통 받을 확률이 높다고 한다. 사람은 남성의 씨를 받아 태어나지만 여성의 모성애로 자라지 않는가. 그러니 모성애가 결핍할 때 모든 불행이 싹트는 것이라면, 어린애가 태어나면서부터 자신이 행복의 상징인 파랑새임을 느끼게 해주고, 자신의 삶이 한

가지 빛깔이 아니고 오색 내지 칠색의 아름다운 무지개임을 더욱 절실히 깨닫게 해주는 일이 뭣보다 급선무로 중요하리라.

시인 한하운(1919-1975)은 그의 시 '파랑새'에서 "나는 나는 죽어서 파랑새 되리"라고 노래했다.

파랑새

나는
나는
죽어서
파랑새 되어
푸른 하늘
푸른 들
날아 다니며
푸른 노래
푸른 울음
울어 예으리

나는

가 슴 은
사 랑 으 로
채 워 라

나는
죽어서
파랑새 되리

  하지만 사람은 누구나 언제든 제 가슴을 사랑으로 채우면 파
랑새가 되고, 사랑으로 가득 찬 가슴 뛰는 대로 사노라면 그
삶 자체가 무지개가 되는 것이리. 아, 그래서 일찍이 영국의
자연파 계관시인 윌리엄 워즈워드(1770-1850)도 이렇게 읊
었으리라.

하늘에 서는 무지개 볼 때
내 가슴 뛰노나니
어려서 그랬고
어른 된 지금도 그렇고
늙어서도 그러하리라.
그렇지 않으면
차라리 죽어버리리라.
어린애는 어른의 아버지
내 삶의 하루하루가

이 가슴 설레임으로 이어지리라.

이 독백은 한 마디로 내가 바로 파랑새요 내 삶이 무지개란
말이어라.

가 슴 은
사 랑 으 로
채 워 라

'정처 없는 이 발길'의 경륜

젊었을 때 나도 즐겨 따라 부른 노래 '나그네 설움' 가사 첫 구절인 "오늘도 걷는다마는 정처 없는 이 발길"처럼 우리 모두 이 지상에 태어나 걷는 인생 나그네들 아닌가. 세계 각국 역사와 문화를 소개, 1,700만부를 넘는 판매 기록을 가진 인기교양만화 '먼 나라 이웃나라'의 저자 이원복(69) 덕성여대 총장이 최근 'DS세계일주학교'로 세계일주를 꿈꾸는 이들 가슴에 불을 질렀다. 허시명 막걸리학교 교장 등 국내 대표 여행 작가들을 강사로 초빙해 아시아와 유럽, 아프리카, 남미, 중동지역의 일주 요령과 유형을 익히는 세계일주학교를 개설한 것이다.

세계일주학교는 3월 14일부터 5월 30일까지 매주 월요일 서울 종로구 덕성여대 평생교육원에서 진행된다. 이 프로그램은 아는 만큼 보인다는 여행의 기본 원칙에 따라 회당 2시간의 강의가 총 12회로 구성, 각 지역별 역사와 문화적 특성은 물론 세계일주 기록방법과 혼자 여행하는 법, 자전거 일주와 트레킹 일주 등 자신만의 방식으로 세계를 맛보는 방법을 배울 수 있다. 강의는 프로그램 참가자가 직접 세계일주 계획표를 짜는 것으로 마무리 된다고 한다. 이 총장은 "세계일주는 자신의 상황에 맞춰 1년 계획으로 단번에 결행할 수도 있고, 평생의 꿈으로 삼아 20년, 30년에 걸쳐 진행할 수도 있다"고 한다. 세계일주학교 강의 내용에는 비행기 티켓 구매 요령부터 숙박시설 이용 방법과 또 언어가 통하지 않더라도 자신을 낯선 땅에 던지는 방법 등에 대해서도 노하우를 전수한다.

첫 번째 강의 주자로 나선 이 총장은 1975년 독일로 떠나 9년간 머물면서 폐차 직전의 중고차만 5대를 갈아치우며 유럽 전역과 세계 곳곳을 돌아다닌 경험담을 얘기한다. 이 총장은 "유럽 역사와 문화를 모른 채 돌아다녔다면 내가 본 것은 돌과 궁전, 교회가 전부였을 것이다. 그들의 역사를 조금이나마 알고 여행을 나선 순간, 그곳에서 보게 된 돌멩이 하나가 가진 의미를 온 몸으로 느낄 수 있었다"고 전한다.

가 슴 은
사 랑 으 로
채 워 라

한편 장장 1천일에 걸쳐 오직 두 다리로 시베리아에서 호주까지 1만 마일을 주파한 스위스 여성의 모험담을 CNN방송이 지난 3월 8일 '여성의 날'을 맞아 보도했다. 스위스 북부 주라산맥 인근의 작은 마을에서 태어난 사라 마퀴스(43)는 어려서부터 모험가 기질이 있었다. 들판을 마음껏 뛰어다니며 지저귀는 새들을 바라보는 게 큰 즐거움이었다. 8살 무렵 강아지와 함께 동굴에서 하룻밤을 보내기도 했다.

"난 내면의 소리를 들었다. 자연을 이해하고 내가 무엇으로 만들어졌는지 깊이 알고 싶었다."며 당신이나 내가 모험가가 되는 게 아니고 우리 모두 각자가 이미 모험가라고 회고한다. 나이를 먹으면서 그녀의 모험은 더욱 대담해졌다. 수년에 걸쳐 뉴질랜드, 미국, 호주, 안데스산맥 등을 횡단한 후, 2010년부터 3년 동안 시베리아와 몽골 고비사막, 중국, 라오스, 태국을 걸어서 일주했다. 그리고 화물선을 타고 호주로 건너가 대륙 곳곳에 자신의 발자국을 찍었다. 식량 구하기는 여행 중에 겪은 숱한 어려움 중 하나에 불과했다. 여행을 계속하려면 항상 적극적인 마음가짐을 유지해야 했고 신체의 안전을 도모하는 일도 중요했다.

"최종 목표를 두면서도 동시에 한 번에 한 걸음씩 나아가면서 현재 지금 이 순간순간에 열중했다."고 마퀴스는 말한다. 위험도 종종 직면해야 했다. 한번은 이른 새벽 고비사막에서 캠핑을 하다가 늑대들에게 둘러싸였다. 그러나 두려움보다는 자신이 지구라는 행성에 모든 생물들과 공생하고 있다는 느낌을 받았다고 한다. 가장 두려운 순간은 바로 인간 때문이었다. 라오스 정글에서 한밤중에 총을 든 마약 갱단으로부터 공격당하기도 했다. 여성이라는 이유로 어려움도 많았다. 여성 인권이 보호되지 않는 몇몇 나라에서는 남자로 변장하기도 했다.

마퀴스는 모험적인 여성은 많지 않다며 전 세계 곳곳에서 아직도 자유를 위해 싸우고 있는 여성들에게 본보기가 될 수 있는 자유로운 여성이라는 사실이 자랑스럽지만 누구든 마음만 먹으면 모험을 할 수 있다고 강조한다. 이상이 오늘날 모험의 한 예라면 옛날 우리나라의 경륜을 고려장을 통해 살펴보자. 고려장은 고려인이 효도심이 없어서 있었던 일인가?

고려장 풍습이 있던 고구려 때 박정승은 노모를 지게에 지고 산으로 올라갔습니다. 그가 눈물로 절을 올리자 노모는 네가 길을 잃을까봐 나뭇가지를 꺾어 표시를 해두었다고 말합니다. 박정승은 이런 상황에서도 자신을 생각하는 노모를 차마 버리지 못하고 몰래 국법을 어기고 노모를 모셔와 봉양을 합니다. 그 무렵 중국 수隋나라 사신이 똑같이 생긴 말 두 마리를 끌고 와 어느 쪽이 어미이고 어느 쪽이 새끼인지를 알아내라는 문제를 냅니다. 못 맞히면 조공을 받겠다는 것이었습니다. 이 문제로 고민하는 박정승에게 노모가 해결책을 제시해 주었습니다.

"말을 굶긴 다음 여물을 주렴, 먼저 먹는 놈이 새끼란다."

고구려가 이 문제를 풀자 중국은 또 다시 두 번째 문제를 냈는데 그건 네모난 나무토막의 위아래를 가려내라는 것이었다. 그런데 이번에도 노모는 해답을 주었습니다.

"나무란 물을 밑에서부터 빨아올린다. 그러므로 물에 뜨는 쪽이 위쪽이란다."

고구려가 기어이 이 문제를 풀자 약이 오를 때로 오른 수나라는 또 어려운 문제를 제시했는데 그건 재灰로 새끼를 한 다발 꼬아 바치라는 것이었습니다. 나라에서 아무도 이 문제를 풀지 못했는데 이번에도 박정승의 노모의 지혜가 빛을 발합니다.

"애야, 그것도 모르느냐? 새끼 한 다발을 꼬아 불에 태우면 그게 재로 꼬아 만든 새끼가 아니냐?"

중국에서는 고려인들이 모두 이 어려운 문제들을 풀자 "동방의 지혜 있는 민족이다."라며 다시는 깔보지 않았다 합니다. 그리고 당시 수나라 황제 수문제文帝는 "이 나라(고구려)를 침범하지 말라."고 당부합니다. 그런데도 이 말을 어기고 아들인 수양제煬帝가 두 번이나 침범해와 113만 명이 넘는 대군으로도 고구려의 을지문덕장군에게 대패하고는 나라가 망해 버립니다. 그 다음에 들어선 나라가 당나라인데 또 정신을 못 차리고 고구려를 침범하다가 안시성 싸움에서 깨지고 당시 황제인 당태종은 화살에 눈이 맞아 애꾸가 된 채로 죽습니다. 이렇게 해서 노모의 현명함이 세 번이나 나라를 위기에서 구하고 왕을 감동시켜 이후 고려장이 사라지게 되었다는 일화가 전해집니다.

그리스의 격언에 "집안에 노인이 없거든 빌리라"는 말이 있습니다. 삶의 경륜이 얼마나 소중한지를 잘 보여 주는 말입니다. 가정과 마찬가지로 국가나 사회에도 지혜로운 노인이 필요합니다. 물론 노인이 되면 기억력도 떨어지고 남의 이야기를 잘 듣지 않으며 자신의 경험에 집착하는 경향도 있습니다.

그 대신 나이는 기억력을 빼앗은 자리에 통찰력이 자리 잡게
해 줍니다.

자, 이제 우리 배호 등 여러 가수가 부른 노래 '나그네 설움'
을 같이 한번 불러보자.

오늘도 걷는다마는 정처 없는 이 발길
지나온 자욱마다 눈물 고였다
선창가 고동 소리 옛님이 그리워도
나그네 흐를 길은 한이 없어라
타관 땅 밟아서 보니 십년 넘어 반평생
사나이 가슴속에 한이 서린다
황혼이 짙어지는 고향도 외로워라
눈물로 꿈을 불러 찾아도 보네
오늘도 걷는다마는 정처 없는 이 발길
지나온 자욱마다 눈물 고였다
선창가 고동 소리 옛님이 그리워도
나그네 흐를 길은 한이 없어라
타관 땅 밟아서 보니 십년 넘어 반평생
사나이 가슴속에 한이 서린다

황혼이 짙어지는 고향도 외로워라

눈물로 꿈을 불러 찾아도 보네

가 슴 은
사 랑 으 로
채 워 라

Fill Your Heart With Love

f i f t e e n

'네이버책' 저자 인터뷰 답변서

Q 이번에 '어레인보우' 시리즈 3번째 책을 내셨는데 어레인보우 철학이 무엇인지요.

'무지개'로 상징되는 이상이나 가상현실을 추구해 오다 보니, 많은 시행착오를 겪으면서 실망을 하기도 하고 절망 끝에 서기도 했습니다. 그 지난한 여정 끝에서 이제는 깨닫게 되었지요. 무지개는 좇는 것이 아니라 올라타야 한다는 깨달음을 얻었습니다. 그래서 영어 사전에도 없는 '어레인보우Arainbow'라는 단어를 만들어 저의 인생철학을 담게 되었습니다. 'Arainbow'의 A를 대문자로 쓴 것은 무지개를 소극적으로 좇는 것이 아니라 적극적으로 좇아 더 높이 비상해 올라타자는 창조적 의지를 강조함입니다. 이 세계, 이 우주에 있는 모든 만물은 빅뱅이라 일컫는 코스모스의 운우지락雲雨之樂입니다. 이는 곧 사랑이라는 무지개로 태어났다는 놀라운 사실입니다. 사랑으로 가득 찬 우리들의 가슴이 뛰고 있는 한 우리는 각자의 가슴속에 무지개가 피어나고 있다는 것을 자각하는 것이 어레인보우 철학입니다.

Q 오랫동안 뉴욕에 은거를 하시면서 꾸준히 집필활동을 통해 한국의 독자와 만나고 있는데 이번 책의 집필 동기는 무엇인가요.

제 나이 다섯 살 때 돌아가신 아버님의 영향이 제가 작가로 살아가게 된 가장 큰 이유입니다. 어린이들을 지극히 사랑하셨던 아버님은 일제강점기 때 '아동낙원'이라는 동시집을 펴내시어 어린이들에게 많은 힘이 되어주셨지요. 그래서 저는 글 쓰는 일이 자연스럽게 되었는데 자라면서 보니 주위에 말 잘하고 글 잘 쓰는 어른들의 언행일치가 되지 않고 삶과 다른 것을 보고는 글이란 삶과 같아야 한다는 생각을 하게 되었습니다. 그래서 나는 인생이라는 종이 위에 삶이라는 펜으로 사랑과 땀과 눈물과 핏방울을 잉크 삼아 그리움으로 글을 쓰겠노라고 다짐했습니다. 그렇게 인생 70줄에 들어서 암 진단을 받고 나서 나의 세 딸들에게 남겨줄 유일한 유산으로 어레인보우 철학이 담긴 글을 쓰기 시작했습니다. 이번에 낸 어레인보우 시리즈 세 번째 작품 '사상이 아니고 사랑이다'는 사상으로는 이 세상에 존재하는 어떤 일도 해결할 수 없고 오로지 사랑만이 가능하다는 것을 전하고 싶었습니다.

Q 사상이 아닌 사랑으로서의 가치기준을 현대인들은 어떻게 배우고 지향해야 할까요.

인류는 다툼의 역사입니다. 동서양을 막론하고 공생 공존하지 못하고 있지요. 남존여비, 흑백인종 차별, 직업의 귀천, 부익부 빈익빈, 주인과 노예, 귀족과 평민, 갑을 관계, 약육강식의 악순환, 침략전쟁과 착취행위 등 온갖 반인륜적 악행을 저질러 오고 있지 않습니까? 종교나 이념은 독선독단에 빠져 있고 위선에 찬 갖가지 억지 사상으로 우리를 계속 세뇌시키고 있습니다. 사상은 공멸을 가져올 수밖에 없습니다. 그러나 우리에게는 사랑이라는 최고의 무기가 있습니다. 우리 스스로를 존중하고 사랑하면서 살아가는 것이 진정한 인생의 가치일 것입니다. 사랑이란 말이 너무 흔하게 사용되고 남용 혹은 오용되고 있지만, 진정한 사랑이란 내 욕심을 채우는 게 아니고, 무조건 미치도록 죽도록 좋아하면서 모든 것을 다 바칠 수 있는 것이 사랑이지요. 이렇게 사랑하노라면 우리 삶 자체가 무지개처럼 한없이 아름다워질 것입니다.

Q '카오스와 코스모스는 쌍태아다'라고 하는데 이는 작가의
  가치관이 반영된 것으로 이해될 수 있을 것입니다. 그 이
  유는 무엇입니까.

  인생 80년을 살아오다 보니 세상에 버릴 게 하나도 없더군요. 뭐든 다
  쓸 데가 있고, 얻는 게 있으면 잃는 게 있고 잃는 게 있으면 얻는 게 있더
  란 말입니다. 모든 게 동전의 양면 같습니다. 낮과 밤이, 기쁨과 슬픔이,
  생과 사가 그렇고, 먹는 것과 싸는 것이 그러하며, 오르고 내리는 것이 그
  렇지요. 이것이 음양의 조화가 아니겠습니까. 주는 게 받는 거며 받는 게
  주는 거지요. 그러니 카오스가 없다면 코스모스도 있을 수 없기에 상반되
  는 모든 게 쌍태아라고 할 수 있겠습니다.

Q 멈추지 않고 도전할 수 있는 힘의 근원은 어떤 것인지 젊은
  이들에게 어떤 용기를 줄 수 있는지요.

  사랑이라고 믿습니다. 우선 나 자신을 사랑하고 우주 만물을 다 사랑
  하는 것입니다. 우주의 본질이 사랑이지요. 그리고 사랑은 모험 중에 모
  험이고 축복 중에 제일 큰 축복이며 기적 가운데 최고의 가장 경이로운
  기적이니까요.

가 슴 은
사 랑 으 로
채 워 라

Q 끝으로 이 책을 읽는 독자들에게 나누어 주고 싶은 말이 있
  다면 무엇인가요.

  이 세상에 태어난 게 안 태어난 것보다 그 얼마나 다행한 일인지, 사
랑할 수 있다는 게 그 얼마나 행복한 일인지, 꿈꾸듯 삶을 살아본다는 게
그 얼마나 신나는 일인지를 알기 위해, 사상이란 사슬을 다 풀어버리고
너와 내가, 나와 우주가 하나 되는 삶을 통해 사랑의 무지개가 되어보라
고 간곡히 권합니다.

Fill Your Heart With Love
s i x t e e n

신비로운 성의 사약

대한남성과학회 김세웅 회장님께

뜻밖의 3월 11일자 메일 반갑게 잘 받았습니다. 우생의 최근 졸저 '그러니까 사랑이다'를 보고 원고 청탁하게 되었다고 하셨는데 우선 저의 글을 읽어주신 것에 대해 깊이 감사드립니다. 뿐만 아니라 원고 청탁까지 해주시니 큰 영광입니다. 일단 답례로 글을 보내니 읽어 보시고 판단하시어 적당하지 않으면 칼럼에 파기해 주셔도 좋습니다.

주제는 '중년의 성' 전립선암을 견뎌낸 부부생활로 정해주셨

가 슴 은
사 랑 으 로
채 워 라

는데 저는 '신비로운 성의 사약'으로 가제를 달아보았습니다.
제 원고를 쓰실 경우 다른 제목을 달아주셔도 괜찮겠습니다.

신비로운 성의 사약

금년 말이면 제 나이가 만으로 80이 됩니다. 하지만 성에 관
한 나이는 아직 여덟 살도 안 된 나이인지 모릅니다. 제가 성에
눈을 뜬 것이 두세 살 때부터인 것 같습니다. 길에 나가 놀면서
처음 배운 단어가 '씹'이었습니다. 이때부터 저는 일찌감치 무
궁무진한 호기심을 갖고 성의 구도자가 되었습니다. 제가 배
운 '씹'이라는 쌍소리가 신기했지만 그 더욱 놀라운 건 '제 에미
씹할'이었습니다. 어린 나이에 도저히 이해할 수가 없었습니
다. 어린애들에게는 세상에서 하나님보다 더 위대하고 거룩한
존재가 엄마이니까요. 그런데 어떻게 이렇게 신성불가침의 존
재에 대해 쌍욕을 할 수 있는지, 아무에게도 물어볼 수조차 없
어 무진히 고민 고민하다가 어느 날 언뜻 깨닫게 되었습니다.

아, 그렇구나! 세상에서 제일 어려운 첫 수수께끼를 푼데 대
해 신이 나 스스로에게 크게 만족하면서 혼자 쾌재를 불렀지
요. 아빠 몸이 엄마 몸속으로 들락날락하면서 춤을 추다가 가

장 황홀한 순간에 어린애가 생기고 그 어린애가 엄마 뱃속에서 열 달 가까이 축구하듯 발길질 하면서 신나게 놀다가 세상에 태어나는 순간 아빠 몸이 출입한 같은 문을 통해 나오지 않았습니까. 그러니 우리는 모두 남녀 불문하고 하나같이 태어나면서 다 제 에미와 온 몸으로 한탕 한 '씹새끼'들 이지요. 이렇게 아주 어린 나이에 성에 도통해서인지 사람들이 하는 '씹할 연놈'이란 말이 나한테는 결코 욕으로 들리지 않고 그 정 반대로 축복으로 들렸습니다. 세상에 제일 좋은 일 하라는데 이게 어찌 욕이 된단 말입니까. '씹도 못할 연놈'이라고 해야 저주 중에 저주가 되지 않겠습니까.

　구약성서 창세기에 보면 하늘 아버지와 땅 어머니가 씹을 해서 낳은 남매가 아담과 이브라면 이 첫 남매가 근친상간해서 인류의 후손이 퍼졌고, 또 딸 형제가 배우자를 찾을 수 없자 아버지에게 포도주를 마시게 한 후 번갈아 아빠를 윤간해서 후손을 봤다 하지 않습니까. 그렇다면 씹이란 선악과를 따먹은 것이 원복original blessing이라 할 일이지 어째서 원죄original sin가 될 수 있단 말입니까. 만일 이 선악과를 따먹지 않았더라면 이미 옛날 옛적에 인류 아니 모든 생물의 씨가 마르지 않았겠습니까. 이 자연의 섭리를 거스르는 원죄타령에 인류의 모든 불행과 비극이 오늘날까지 계속되고 있다고 저는 봅니다.

가 슴 은
사 랑 으 로
채 워 라

자식을 키워 본 부모라면 다 잘 알다시피, 넌 착해, 넌 잘해 하면 착한 애, 잘하는 애가 되고 넌 나쁜 애야, 넌 못해 하면 나쁜 애, 못하는 애가 되지 않던가요. 사람은 누구나 할 것 없이 자신 스스로를 존중하고 사랑할 때에라야 비로소 다른 사람도 존중하고 사랑할 수 있게 되지 않던가요. 그런데도 우린 모두 다 원죄를 타고난 죄인들이라고 세뇌되어(서양에서뿐만 아니라 강자의 문화를 무조건 숭상하는 '골빈당' 동양인 특히 한국인들까지) 자기혐오증에 사로잡혀 스스로를 증오하다 보니 다른 사람들을 미워하는 건 너무나 당연지사 아니겠습니까.

그보다는 우리 동양의 물아일체나 피아일체 그리고 단군의 홍익인간과 천도교의 인내천 사상이 비교도 할 수 없이 긍정적이고 자연스러운 삶의 지침이 아닙니까. 너를 돕는 것이 나 자신을 돕는 거요, 너를 해치는 것이 나 자신을 해치는 것은 상식 중에 상식이지요. 너와 내가, 나와 우주가, 하나라는 걸 잠시라도 망각할 수 없는 일이지요. 우린 자연의 일부일 뿐인데 이 자연을 망가뜨린다는 건 우리 자신의 자멸행위이지요. 그 한 예로 현재 우리는 기후변화를 겪기 시작하고 있지 않습니까.

거시적이고 본질적인 관점은 그렇다 치고, 미시적으로 '성'

에 대해 우리 생각 좀 솔직히 해봅시다. 앞에서 저는 두세 살 때 이미 성에 눈을 뜨게 됐다 했는데, 실은 대여섯 살 때부터 신체적으로 성을 체험 했습니다. 어머니가 집 잘 보고 있으라 며 외출하시면, 시키지 않았는데도 집안 청소 깨끗이 다 해놓고 어서 엄마가 돌아와 칭찬해 주시기를 기다리곤 했습니다. 하루는 아무리 기다려도 안 오시는 엄마를 기다리며 책장에서 책들을 뽑아 그림 구경을 하다가 어느 책갈피에서 일본 춘화 사진 여러 장이 쏟아져 나왔습니다. 후에 생각해보니 나보다 열다섯 살 위의 큰 형님(난 열두 형제 중에 열한 번째)이 감춰 둔 사진들이었던 것 같습니다.

침도 잘 못 삼킬 정도로 흥분되고 자극되어 호기심에 가득 차 이 사진들을 뚫어져라 들여다보노라니 내 어린 고추가 발딱 서지를 않겠습니까. 그래서 약이 오를 대로 오른 내 고추를 갖고 장난을 치다 보니 미치게 기분이 막 좋아지다가 손끝에 기운이 쏙 빠지더군요. 이렇게 일찍 자습 자득한 이 자위행위를 나는 이때부터 시와 때를 가리지 않고 계속하게 되었습니다. 그러면서 이런 나쁜 짓은 나밖에 하는 사람이 없겠다는 생각에 말할 수 없는 수치심을 느끼면서 다시는 안 하겠노라고 결심에 결심을 해도 소용없이 계속할 수밖에 없었습니다. 그러다 사춘기 때에야 비로소 다른 아이들도 이 자위행위를 한다는 걸 알게 되자 어느 정도 수치심에서 벗어날 수 있게 되었지만 한편으론 다른 아이들은 다들 남한테서 이 자위행위를 배워 했는데 난 스스로 일찍 독창적인 자락自樂행위를 시작했다는데 대해 자부심과 자긍심까지 느끼게 되었습니다. 그렇지만 다섯 살 때 돌아가신 아버지는 물론이고 형님들과 누님들 그리고 네 살 아래 막내 남동생도 나보다 키가 다 큰데 나만 적은 편이라서 나는 어릴 적 자위행위 때문이 아닌가 하는 생각을 했지요. 틀림없이 한창 자랄 나이에 성장 에너지와 모든 기를 내 가운데 다리로 다 뽑아 탕진한 탓이라고 자학했지요. 그러다가 중학교 일 학년 때 아주 예쁜 두 살 위의 작은 누이와 한방에서 자다가 그만 이 누이를 살짝 건드릴 뻔 하고 말았습니다.

그러지 않아도 연일 주야장천 계속하는 자위행위 때문에 심한 죄책감에 사로잡혀 괴로워하던 내가 이젠 더 엄청나게 큰 죄를 지을 뻔 했다는 자책감에 한강 물에라도 빠져 죽어야겠다고 집을 뛰쳐나와 거리를 헤매다 신문팔이가 됐습니다. 그 당시 덕수궁 옆에 있던 평화신문인가 하는 신문사 지하실에서 다른 신문팔이 하는 아이들과 합숙하면서 중학교를 다녔는데 다른 신문팔이 아이들 얘기를 들어 보니 나보다 더 심한 짓들도 많이들 했더군요. 그래서 내가 누나를 건드릴 뻔한 건 죄도 안 되는 일이라는 마음의 위안도 얻고 죄책감도 줄어들게 되

었습니다. 가출사건은 다른 이유도 있었는데 아버지가 돌아가
시고 혼자된 엄마의 짐을 덜어드리기 위해 가출하여 고학해서
공부를 하리라 하는 생각이 더 컸지요.

　이제 본론으로 들어가 제가 경험한 전립선암을 견뎌낸 얘기
를 좀 해보겠습니다. 10여 년 전 밤에 소변보려 자주 일어나는
증상이 있어 비뇨기과 전문의를 찾았더니 나이 들어 남자들이
다들 겪는 일이라며 플로 맥스^{Flo Max}란 약을 처방해주더군요.
이 약을 복용하면 성교 시 오르가슴을 제대로 느낄 수 없을 거
라고 했습니다. 의사 말대로 이 약을 복용하면서부터 성교할
때처럼 오르가슴 절정의 쾌감을 느껴 보기도 전에 흐지부지
되기에 약 복용을 중단해 버렸습니다. 그런 후 2년 뒤 다시 비
뇨기과 전문의를 찾아 검사를 해보니 암 진단이 나왔습니다.

　전문의 말로는 세 가지 치료 방법으로 수술, 방사선 치료,
호르몬 요법이 있는데 세 가지를 다 받으라고 권했습니다. 수
술은 전립선 자체를 제거해버리는 것인데 그러면 그 후유증으
로 오줌주머니를 차게 될 수도 있다 했습니다. 그리고 호르몬
요법이란 여성호르몬을 주사로 주입시켜서 남성호르몬을 중
화시켜 1, 2년 간 화학적으로 거세시키는 것이라고 했습니다.
전립선 암 세포가 남성 호르몬을 먹고 자라기 때문에 이 방법

가 슴 은
사 랑 으 로
채 워 라

으로 암세포를 아사餓死시키는 방법이라더군요.

그래서 우선 호르몬 주사를 6개월마다 두 세 차례씩 맞고, 방사선 치료를 받기로 했습니다. 방사선 치료 전문의는 한국인인데 당시 아내가 간호사로 근무하던 병원의 부속 방사선 치료 센터에 근무하는 분이었습니다. 이 방사선 전문의의 의견에는 수술 받는 대신 방사선 치료를 예정대로 5주보다 4주 더 받아 9주를 받으면 수술 받는 경우와 거의 같은 효과를 보면서도 수술을 받았을 때 생길 수도 있는 오줌주머니를 차야 하는 후유증이 없다고 했습니다. 그래서 수술은 받지 않고 9주간 방사선 치료를 받았습니다. 이 방사선 치료를 받게 되면 방사선이 암세포만 죽이지 않고 인접한 멀쩡한 세포까지 죽이게 되기 때문인지, 정말 한 마디로 표현하자면 사약 혹은 독약이라도 마신 기분이 정말 아주 더럽고 힘겨웠습니다. 하지만 아내의 지극정성 보살핌을 받아 10년째 잘 지내고 있습니다. 나보다 여섯 살 아래인 아내의 속 깊은 배려 덕분입니다.

이제 성과 사랑과 삶에 대해 잠시 함께 생각 좀 해보십시다. 우선 제 결론부터 말씀 드린다면 이 셋이 삼위일체로 같다는 것입니다. 분리된 성은 대소변처럼 배설작용에 불과하다는 생각입니다. 먹으면 싸야 하듯이 성욕도 어떻게든 발산해야 하는 게 아닐까요. 그런데 또 한편으로는 Sex가 꼭 육체적인 것만이 아닌 것 같습니다. 몇 년 전 미국 럿거스 대학 과학자들이 오랜 실험 연구 조사 끝에 생각만으로도 얼마든지 오르가슴을 경험할 수 있다는 사실이 판명됐다고 여러 자료를 제공하기도 했습니다. 무속巫俗이나 요가에서도 있는 일이라지요. 영어로는 자동성애지복감이란 뜻으로 autoeroticism이라 합니다.

　육체와 정신이, 몸과 마음이, 성과 사랑이, 삶과 사랑이 같은 것인지 분리될 수 있는 것인지는 영원한 수수께끼일 것입니다. 이 문제를 풀어 보려고 수많은 철인, 도인, 성인들이 애써왔지만 아무도 절대적으로 확실한 답을 얻지 못한 것 같습니다. 말하자면 아무도 죽어보지 못했으니 사후 세계가 있는지 없는지 증언해주지 못하듯이 말입니다. 성서나 불경이나 모든 경전들조차 자가당착의 모순투성이가 아니던가요. 아마도 그래서 가장 깨달음이 컸던 사람들은 스스로를 불가지론자 agnostic라 하나 봅니다.

망언다사

이태상 드림

가 슴 은
사 랑 으 로
채 워 라

Fill Your Heart With Love
s e v e n t e e n

길 없는 데 길이 있다

1989년부터 중앙일보에 3년간 연재된 후 1993년에 단행본으로 나온 최인호의 '길 없는 길'이란 제목의 장편 불교 소설도 있지만, 우리 인간은 모두 다 구도자다. 지난 3월 이세돌로 대표되는 인간지능과 알파고로 대표되는 인공지능의 대결(?)이 있었다. 이 대결이란 말 자체가 어불성설이 아니었을까. 마치 인간이 인간의 발명품인 자동차나 배나 비행기와 달리기 헤엄치기 날기를 경쟁한다는 게 말이 안 되듯이, 길을 찾는 것이 인간이고 인간이 닦아 놓은 길을 따르는 것이 기계가 아닌가.

정보기술(IT), 생명기술(BT), 나노기술(NT) 등 기술은 기술 일뿐, 사람이 어떤 알고리즘으로 인공지능을 작동시켜 어떻게 사용하느냐에 따라 인류의 미래가 결정 되지 않겠는가. 과학문명을 신^{GOD}으로 떠받들 것인가 아니면 이 신이란 영문 단어를 거꾸로 읽어 개^{DOG}로 길들일 것인가의 문제일 것이다. 2016년 3월 12일자 중앙일보 오피니언 페이지 대학생 칼럼 '쓸모없는 것들의 가치'에서 필자인 동국대 영어통번역학과 4학년 이상민 군은 이렇게 칼럼 글을 맺고 있다.

"사람은 어딘가 쓸모가 있어야 한다. 하지만 눈앞의 스펙만 쌓는다고 쓸모 있어지는 건 아니다. 음악-미술-독서는 당장에는 쓸모없는 일들이다. 그렇지만 쓸모가 정해지지 않아 즐겁고 사람들이 찾는다. 심지어 인정받는다. 길은 하나만 있는 게 아니다. 청년들이여 쓸모없는 짓도 해보자."

옳거니, 쥘 베른이 쓸모없는 백일몽으로 쓴 소설 '달나라 탐험'이 아폴로 11호가 달에 착륙하기 한 세기 전에 나왔고, 뉴턴이 사과나무 아래 누워 있다가 만유인력을 발견했으며, 석가모니는 보리수 밑에 앉아 졸다(?)가 성불해탈을 했다 하지 않는가. 길 없는 길을 가는 자가 구도자다. 특히 사랑의 구도자가 가는 길엔 길이 없고 그리움만 있을 뿐이다. 가도 가도 끝 간 데 몰라라. 와도 와도 닿는 데 없어라. 그림자만 남길 뿐

이어라. 우리 홍경임의 시 '길 없는 길'과 이성복의 시 '금기'
를 음미해보자.

길 없는 길

그를 사랑하는 동안 난
길 없는 길을 간다.

그와 함께 하는 동안 난
길 아닌 길을 간다.

세상에는 없는 길
세상에선 찾을 수 없는 길

사랑하는 사람들 마음속에만
환하게 열려 있는 길
오늘도 난 그 길을 간다.

금기

아직 저는 자유롭지 못합니다.
제 마음 속에는 많은 금기가 있습니다.
얼마든지 될 일도 우선 안 된다고 합니다.

혹시 당신은 저의 금기가 아니신지요.
당신은 저에게 금기를 주시고
홀로 자유로우신가요.

휘어진 느티나무 가지가
저의 집 지붕 위에 드리우듯이
저로부터 당신은 떠나지 않습니다.

이 '금기'란 시에 오민석 시인은 이렇게 주석을 달고 있다.

"금기는 존재를 만든다. 금기가 가동될 때 없던 것이 눈에
들어온다. 따라서 많은 금기를 가지고 있는 것은 많은 존재를
가지고 있다는 말에 다름 아니다. 사유의 창이 다양한 영역으
로 열려 있다는 뜻이다. 시인의 세계는 휘어진 느티나무처럼

가 슴 은
사 랑 으 로
채 워 라

금기로 풍요롭다. 규제의 풍요로운 가지와 싸울 때 치열한 사유가 나온다. 금기 없는 자유는 사유도 자유도 아니므로, 시인은 자신의 지붕 위에 금기를 드리우고 산다."

Fill Your Heart With Love
e i g h t e e n

가시의 비밀

영어에 애플루엔자^{affluenza}란 단어가 있다. 유복하다는 뜻의 단어 애플루언스^{affluence}와 유행성 독감이란 단어 인플루엔자^{influenza}의 합성어다. 미국에서 1950년대부터 사용되기 시작한 말이다. 큰 유산을 받은 상속인이 경험하는 부정적 후유증으로 의욕상실, 소외감, 자긍심 같은 정서적 감정 결핍 등을 가리키는 학술적 용어로 사용되던 이 단어가 부자병으로 대중매체의 각광을 받게 된 것은 한 미국의 소년이 몇 년 전 만취상태에서 차를 몰다 네 명의 목숨을 잃게 하고도 '부자병 환자'라는 이유로 교도소 행을 면하고 10년의 보호관찰 처분만을 받은 사건 때문이다.

가 슴 은
사 랑 으 로
채 워 라

2013년 당시 16세이던 텍사스 소년 카우치가 음주운전을 하다가 사고를 내 4명이 사망하고 2명이 중상을 입었다. 법정에서 변호사는 정신과 의사를 증인으로 세워 카우치가 심각한 애플루엔자 환자라며 그의 정신연령은 12세 정도라고 말했다. 큰 갑부의 아들로서 그는 몇 대의 고급 차를 골라 탈 수 있고, 돈도 쓰고 싶은 만큼 얼마든지 쓸 수 있었으며, 세상에 제 마음대로 할 수 없는 일도 있다는 사실을 부모에게서 배우지 못하고 자랐다고 전문의는 증언했다. 이런 애플루엔자 환자에게 필요한 것은 감옥보다는 병원이며, 질병의 치료만이 그를 정상인으로 살게 할 수 있다고 유능한 변호사가 강력하게 주장하는 바람에 판결은 10년 집행유예, 사설재활치료센터에서 적절한 치료를 받되 술과 차 운전을 금한다는 게 전부였다.

이 판결에 대해 빈부 차별적 사법제도의 모습을 보여준 또 하나의 예라며, 부자에게 '부자병'이 있다면 가난한 사람들에게도 '가난병'이 인정돼야 하지 않겠느냐는 여론의 비판도 있었다. 그런데 최근 세상을 더 놀라게 한 것은 이 '부자병 환자' 카우치가 재활원에서 음주를 했다는 신고를 받고 경찰이 체포하러 갔으나, 그가 그의 병수발(?)을 하던 어머니와 함께 행방을 감춘 후였다는 보도였다. 지난해 12월 18일에 발생한 사건이다. 그들은 열흘 뒤 멕시코에서 그곳 경찰에 의해 체포되었고, 카우치는 최소 2년간 교도소에서 징역을 살 전망이다.

법은 부자나 가난한 자나 빵을 훔치거나 다리 밑에서 잠자는 걸 금한다는 우스갯소리 조크도 있지만, 우리가 필요하면 빵 한 쪽이라도 훔치고 다리 밑에서라도 잠 잘 수 있는 자생력을 잃어버린 금수저 은수저 부잣집 아이들이야말로 불우아동 disadvantaged children 이 아닐까 하는 생각을 단 한번이라도 해보게 해주는 일례가 있다. '서울대 대나무 숲 1시간 만에 따봉 1만개가 넘었다'는 글을 여기 옮겨본다.

소년가장 서울대 졸업생의 편지

동기들끼리 술을 마시다가 말이 나왔다.

"야, 근데 너는 군대 안 가냐?"
"군대? 가야지."

나는 군대를 안 간다. 못 간다고 쓸 수도 있는데, 그렇게 쓰기에는 군대를 가야 하는 사람들에게 미안하다. 나는 가장이다. 엄마아빠는 둘 다 고아라고 했다. 보육원에서 같이 자라고 결혼했다고 한다. 그리고 내가 열

두 살 때, 두 분은 버스사고로 돌아가셨다. 일곱 살짜리 동생과 두 살짜리 동생을 위해서 내가 할 수 있는 건 뭐가 있었을까. 공부를 하고 새벽엔 배달을 하고 다섯 평짜리 방에서 셋이 잤다. 학교에서는 장학금도 줬다. 수급자비도 정부에서 줬다. 분유, 기저귀, 대부분 그런 걸 사는데 썼다. 물론 그때는 지금보다는 썼다. 그래도 꼬박꼬박 저축도 했다. 한 달에 오만 원, 많은 돈은 아니었다. 사실 그것도 주인집 아줌마 명의였다. 그리고 몇 년 뒤에 아줌마가 나를 앉혀두고 말했다.

"너, 대학 갈 거니?"
"아, 일하려고요."
"아니야, 잘 들어. 공부 열심히 해서 좋은 대학을 가. 그래서 과외를 하렴."

어린 나이에 몸이 상하면 나중에 더 먹고 살기 힘들다고 했다. 몸도 커서 다섯 평에서 자기도 힘들 텐데, 돈 많이 벌어서 조금 더 넓은 집으로 이사 가라고 했다. 세상에 착한 사람이 있다는 걸 나는 이 아줌마 덕에 믿게 되었다. 그리고 나는 믿기 어렵게도 이 대학에 붙었다. 물론 기회균등 전형이었지만 말이다. 과외 전단지를 만들어 돌렸다. 한 달 만에 내 손에 60만원이 들어왔다. 학교에서는 생활비 장학금을 줬다. 정부에서도 아직 지원을 끊지 않았다. 아줌마한테 감사하다고 꾸벅 인사를 하고 우리 가족은 이사를 했다.

그리고 동생들과 며칠 전에 아줌마를 찾아갔다. 뭘 사갈까 고민 하다가 고구마케이크랑 음료 세트를 양 손에 들고 갔다. 아줌마는 고생했다고 우리 등을 다독여주셨다. 큰 동생은 이제 고삼이다. 작은 동생은 이제 중학생이 된다. 그렇게 계산하더니 아줌마는 정말 빠르게 컸다고 눈시울을 붉혔다. 괜히 눈물이 났다. 결국 우리 넷은 울었다. 이 자리를 빌려 페이스북을 하지 않는 아줌마에게 감사인사를 하고 싶다. 저는 이제 졸업을 합니다. 아줌마, 다 아줌마 덕분입니다. 사회에 나가서도 종종 찾아뵙겠습니다. 사랑합니다.

자, 이제 우리 허연 시인의 '가시의 시간 1'을 심독深讀해 보자.

내 온몸에 가시가 있어 밤새 침대를 찢었다.
어제 나의 밤엔 아무것도 남지
못했고 아무것도 들어오지 못했다.
가시는 아무런 실마리도 없이 밤마다 돋아
나오고 나의 밤은 전쟁이 된다.
출구를 찾지 못한 치욕들이 제 몸이라도
지킬 양으로 가시가 되고 밤은 길다.
가시가 이력이 된 날도 있었으나 온당치

가
슴
은
사
랑
으
로
채
워
라

않았고 가시가 수사修辭가 된 적이 있었으나
모든 밤을 다 감당하진 못했다.
가시는 빠르게 가시만으로 완전해졌고
가시만으로 남았다. 가시가 지배하는 밤. 가시의 밤

이 '가시'를 오민석 시인은 이렇게 이해한다.

"스피노자에 의하면 온전히 분리된 단일한 것은 없다. 모든 단일한 것은 다른 단일한 것과의 효과의 끝없는 연쇄 속에서 존재한다. 우리는 치욕을 감추고 나를 지키기 위해 가시를 기른다. 내 몸의 가시가 문제가 되는 것은 그것이 다른 몸에 전쟁의 효과를 새기기 때문이다. 그러나 시인처럼 가시의 정체를 볼 수 있다면 가시는 더 이상 가시가 되지 않는다."

아, 어쩜 너무도 절절한 사랑이, 죽도록 미치게 사무치는 그리움이 하늘로 치솟다 못해 화석이 된 게 가시이어라.

파리냐 꿀벌이냐

최근에 있었던 이세돌과 구글 인공지능(AI) 알파고의 바둑 대결로 인공지능의 위협을 받고 있는 인간지능의 위기감이 팽배해 인류의 미래에 대한 낙관론과 비관론 의견이 분분한데 우리 냉철히 그 차이점을 규명해 보자.

인간지능의 특성이 임기응변의 창의성이라면 인공지능이란 어디까지나 주입 조작된 대로만 움직이는 기능뿐이 아닌가. 게다가 인간과 달리 인공지능으로 조작되는 기계란 감성능력이 제로다. 인간은 지능과 감성의 합성품이라면 이 감성이란 것의 본질을 따져보자. 긍정적인 감성이 사랑이라면 부정적인 감성은 시기, 질투, 증오 또는 모방심이라고 할 수 있겠다. 전자가 인간의 본질적인 감성이라면, 후자는 가공의 이념과 주의 주장 등의 사상이 인공적이고 인위적으로 주입 세뇌시킨 각종 고정관념과 선입견이나 편견으로, 타고난 인(간)성과 인간미를 상실한 채 기계화된 로봇인간으로 전락한 때문이 아니겠는가.

그 한 예를 들어보자. 최근 5년간 16% 증가한 한국의 성형외과 수는 1,300여 개에 이르고 프티 성형, 효도 성형, 취업 성형, 재건 성형 등 유형도 가지각색이며, 서울 강남이 '성형의 메카'라 불린단다. 이야말로 타고난 고유의 인간미와 개성미를 버리고 집단적으로 너도 나도 천편일률적인 모조품 인형으로 탈바꿈하는 미친 짓들이 아닌가. 보다 더 심각한 또 하나의 예로, 전에 일본의 천황이다 중국의 모택동이다 소련의 스탈린이다 북한의 김일성이다 이탈리아의 무쏠리니다 독일의 히틀러다 등등에 열광했던 수많은 군상들처럼 오늘날에도 미국에선 도널드 트럼프에 조종당하는 무지몽매한 무리들이 얼마든지 있지 않은가.

호기심 많은 한 과학자가 꿀벌 여섯 마리와 파리 여섯 마리를 유리병에 넣어 실험을 했다고 한다. 빛을 차단하기 위해 종이로 바닥과 병 주둥이를 제외한 옆 부분을 다 감싼 유리병을 어두운 곳에 놔두었다. 밑면은 밝은 창 쪽으로 눕히고 어두운 쪽으로 열린 병 주둥이를 향하게 했다. 그랬더니 꿀벌들은 파리들이 다 병 밖으로 날아간 뒤에도 유리병 속 밑에서 헤매고 있더란다. 벌집에서 태어나 벌집에서 사는 꿀벌들은 밀실 안에서 출구를 찾으려면 빛이 있는 밝은 쪽이라는 경험에 따라 계속 유리병 밑면을 맴돌다 지쳐 굶어 죽을 때까지 출구를 찾지 못했다고 한다. 그러나 파리들은 특정한 생각에 얽매이지 않고 얼마간 시행착오를 거친 뒤 2분도 안되어 탈출했다고 한다. 빛이 있는 곳으로 가야 한다는 원칙을 무시하고, 이리저리 날아다니다가 마침내 출구를 찾은 것이다.

꿀벌이 인공지능적이라면 파리는 인간지능적이라고 할 수 있겠다. 흥미롭게도 파리는 인간보다 더 음란한 곤충이란다. 파리의 짝짓기 방식은 인간과 상당히 닮아있다고 한다. 1964년에 발표된 곤충의 번식방식에 관한 한 논문에 따르면, 수컷 파리는 종종 암컷의 뒤에서 다가가곤 한다. 보통은 땅이나 단단한 표면에서 짝짓기를 하지만, 어떤 때는 이런 체위를 공중에서 구사할 때도 있다. 더 흥미로운 건 수컷이 암컷에게 덤벼든 이후의 행동이다. 수컷은 앞으로 다가가 가슴 부분에 붙은 다리를 이용해 암컷의 머리를 쓰다듬는데, 이때 수컷의 행동은 암컷의 날개를 움직이게 만든다. 때로 수컷은 암컷의 머리를 아래로 향하도록 힘을 가하기도 한다. 동시에 수컷은 자신의 머리를 암컷의 머리에 갖다 대고 비비기도 한다.

2009년 내셔널 지오그래픽National Geographic에 실린 연구결과에 따르면, 암컷 초파리는 짝짓기를 빨리 끝내려고 수컷과 싸우기도 한다. 반면 수컷은 짝짓기를 더 오래 하기를 원한다는데, 연구에 참여한 커스틴 클랩퍼트Kirsten Klappert는 짝짓기가 시작된 지 1분에서 30초 정도가 지나면 암컷이 수컷을 발로 차기 시작한다고 전한다.

동화작가 브리짓 히오스Bridget Heos의 글에다가 제니퍼 플리카스Jennifer Plecas 그림의 동화책 제목 '나는야, 파리'처럼 '우리는야, 파리' 같이 살아보리. 꿀벌 같이 미련 떨지 말고 말이다. 하지만 시인 정호승은 꿀벌의 미덕을 이렇게 읊는다.

꿀벌

네가 나는 곳까지
나는 날지 못한다.

너는 집을 떠나서 돌아오지만
나는 집을 떠나면 돌아오지 못한다.

네 가슴의 피는 시냇물처럼 흐르고
너의 뼈는 나의 뼈보다 튼튼하다
향기를 먹는 너의 혀는 부드러우나
나의 혀는 모래알만 쏘다닐 뿐이다

너는 우는 아이에게 꿀을 먹이고
가난한 자에게 단꿀을 준다.
나는 아직도 아직도
너의 꿀을 만들지 못한다.

너는 너의 단 하나 목숨과 바꾸는
무서운 바늘침을 가졌으나

나는 단 한 번 내 목숨과 맞바꿀
쓰디쓴 사랑도 가지지 못한다.

하늘도 별도 잃지 않는
너는 지난겨울 꽁꽁 언

가 슴 은
사 랑 으 로
채 워 라

별 속에 피는 장미를 키우지만
나는 이 땅에
한 그루 꽃나무도 키워보지 못한다.

복사꽃 살구꽃 찔레꽃이 지면 우는
너의 눈물은 이제 달디단 꿀이다.
나의 눈물도 이제 너의 달디단 꿀이다.

저녁이 오면
너는 들녘에서 돌아와
모든 슬픔을 꿀로 만든다.

어떤 것이 성공적인 삶인가

1980년에서 2000년 사이에 태어난 젊은 세대를 밀레니얼스millennials라 부른다. 영국 주요 일간지 가디언The Guardian이 지난 3월 15일 뽑은 세계 가장 영향력 있는 밀레니얼스 명단 1위에 북한의 김정은이 올랐다. 얼마 전에 한국의 한 역술가가 김정은이 올해 암살이나 급살을 당할 운명이라고 말했다. 그러면서 이 역술가는 비가 오면 비를 오지 못하게 할 수는 없지만, 그래도 우산을 쓰고 비를 피할 수 있는 식으로, 죽을 운이지만 죽음을 피할 수 있는 방법도 있다고 했다. 최근 김종필 씨가 그의 회고록에서 밝힌 바에 의하면 5.16 혁명이 성공하고 난 뒤, 그는 식당에서 우연히 한 역술가를 만났다. 이 역술가는 김종필 씨에게 "박정희가 20년 후에는 흉탄에 맞아 죽을 것"
이라고 일러 주었단다.

 사람이 세상에 태어나는 데는 선후배가 있지만 떠나는 데는
없다고 한다. 물론 자연사가 아닌 사고나 병사, 자살 또는
타살을 두고 하는 말일 게다. 3월 18일자 중앙일보는 노인보
다 많은 40~50대 고독사 3인의 가상 인터뷰를 통해, 지난해
고독사한 40~50대 무연고 사망자 30여 명의 생전 행적을 추
적한 결과 술을 좋아했다 몸이 아팠다 가족들을 그리워했다는
공통점이 있었다고 한다.

 최근 갤럽 조사를 토대로 '2016년 세계 행복 리포트'가 발표
됐다. 2012년 첫 보고서가 나온 이래 덴마크는 세 번이나 1위
였다. 2~10위는 스위스, 아이슬란드, 노르웨이, 핀란드, 캐나
다, 네덜란드, 뉴질랜드, 호주, 스웨덴이다. 모두 사회복지가
우선인 나라들이다. 미국도 13위로 순위가 높다. 한국은 157
개국 중 57위, 일본은 53위, 중국은 83위에 그쳤다. 미국의
정치전문잡지 마더 존스Mother Jones에 따르면 1% 부유층은 테드
크루즈 공화당 대선 후보의 소득세 정책을 적용했을 때 수입
이 25%나 상승한다. 트럼프의 경우도 15% 이상 수입이 늘어
난다. 힐러리 클린턴 후보의 정책은 5% 정도 줄어든다. 반면

샌더스의 계획은 다르다. 1% 부유층의 수입이 증세로 35% 가까이 줄어든다. 현재는 연 46만 달러 이상 버는 부유층에 부과하는 39.6%가 최고 세율이다. 샌더스는 연 수입 25만 달러 이하인 현재의 10~33%를 유지하고, 25만~50만 달러 37%(현재 33~39.6%), 50만~200만 달러 43%, 200만~1000만 달러 48%, 그리고 1000만 달러 이상 벌면 52%를 부과할 작정이다. 엄청난 것 같지만 덴마크 등 행복한 나라 톱10들은 이미 그렇게 하고 있다.

최근 싱가포르에서 열린 국제박람회장에서 54% 정도 소득세를 낸다는 유럽의 한 부자에게 미국 기자가 질문을 했다. 그렇게 세금을 많이 내는데 억울하지 않느냐고 물었다. 의외로 그는 자신이 충분히 풍족한 생활을 하고 있기 때문에 괜찮다는 대답을 반복하더란다. 그래도 기자가 계속 추궁하자 그는 이렇게 말했다고 한다. "나는 가난한 나라에서 부자로 살고 싶지 않다."

또 최근 한국환경생태연구소는 2014년 4월 1일부터 위치추적기를 부착한 독수리 50마리를 통해 베일에 가려져 있던 독수리의 생태와 번식지와 월동지 간의 이동경로가 밝혀졌는데 3,400㎞를 날아온 독수리들도 먹이 없는 북한에는 머물지 않더라고 발표했다. 어떻든 너나 할 것 없이 우리 모두 조만간 이 세상을 떠날 목숨들이라면 어떻게 우리 삶을 살아야 할지, 어떤 삶을 성공적이었다고 할 수 있을지를 생각하게 해주는 하나의 지침이 떠오른다.

19세기 미국의 시인이자 에세이스트며 철학자였든 랠프 월도 에머슨Ralph Waldo Emerson(1803~1882)이 남긴 수많은 명언 중에 성공적인 삶이란 어떤 것인지에 대한 것이 있다.

자주 또 많이 웃는 것
어린애들의 사랑을 받는 것
아름다움을 알아보고 음미하며 감사하는 것
다른 사람들의 최장점을 발견하는 것
건강하고 착한 아이를 낳아 키우든
아름다운 한 뼘의 정원을 가꾸든
아니면 사회구조와 환경을 개선해
세상을 전보다 조금이라도 더 살기
좋은 곳으로 만들어 놓고 떠나는 것
단 한 사람이라도 네가 살았었기 때문에
행복했었다는 걸 알게 되는 일이야말로

네 삶이 성공적이었음을 말해주는 것이다.

비나이다. 비나이다. 천지신명께 비나이다. 우리 모두 이렇
게 성공적인 삶을 살도록 도우소서!

Fill Your Heart With Love
t w e n t y o n e

어떤 게 후회 없는 삶인가

　분명코 요즘 젊은이들은 조숙한 것 같다. 옛날 같으면 나이 들어 죽을 때까지 답을 얻지 못한 채 인생을 마감하는 경우가 많았던 것 같은데 요새 젊은이들은 그렇지 않은가 보다. 그 한 예로 가수 이하이(20)는 "답을 얻은 것 같다"며 웃었단다. 2013년 3월 1집 '퍼스트러브'를 발표하고 2집 '서울라이트 SEOULITE'가 최근 나오기까지 3년이 걸렸다는데 "앞으로도 하고 싶은 이런 음악을 할 수 있다는, 해도 된다는 답을 얻은 것 같아요"라고 한 인터뷰에서 말했단다.

　또 하나의 예를 들자면 '윤주희 소우주 앙상블'이 있다. 해금 연주자 겸 작곡가인 윤주희에 의해 결성된 젊은 월드뮤직 앙상블 팀으로 차세대 한국 전통악기 연주자를 중심으로 재즈 음악 연주자들과 결합해 국내외에서 다양한 시도를 통해 한국 음악의 글로벌화를 목표로 활동하는 그룹이다. '윤주희 소우주 앙상블'은 1집 음반 '소우주Microcosm'를 제작 발표해 '한국 크로스오버 음악의 새로운 정점'이란 호평을 받은 바 있다. 팀은 해금으로 리드하는 윤주희, 피리와 생황을 연주하는 윤주아, 피아니스트 오은혜, 드러머 최보미, 베이스 데이비드 웡 등 총 5명으로 구성돼 있다.

그런가 하면 밀레니얼(20~35세) 세대가 베이비부머 세대보다 더 이른 나이에 창업을 시작하고 있다. 18개국 2,600개 창업기업을 대상으로 조사한 다국적 은행 BNP의 최근 보고서에 따르면 베이비부머 세대는 평균 35세에 창업을 했지만 밀레니얼 세대는 27세에 시작한단다. 인터넷의 등장으로 예전보다 창업이 쉬워졌고, 베이비부머 세대는 실패를 끝장으로 여겼지만 평균 7~8개 회사를 줄이어 창업하는 밀레니얼 세대는 실패를 두려워하지 않고 그들이 창업하는 모든 회사가 성공할 것을 기대하지도 않는단다.

크레이그 리스트Craig's List의 '놓친 만남missed connection' 섹션을 보

가 슴 은
사 랑 으 로
채 워 라

면 각종 놓친 기회로 막심한 후회를 하게 되는 경우들을 볼 수 있다. 사람이 임종할 때 가장 많이 하는 후회가 무슨 일을 한 것보다 하지 않은 것이라고 하지 않는가. 하고 싶은 일을 미루기만 하다가, 바보짓이나 미친 짓 아니면 허튼 짓 같아서 또는 실패가 두려워서 시도조차 해보지 않고, 영영 못해보고 만 일들이 얼마나 많은가. 간절히 사모하고 사랑하면서도 거절당할까봐 고백조차 못해본다든가, 내가 잘해낼지 자신이나 성공한다는 보장이 없어서 지레 포기하고 단념하는 일들이 다반사 아닌가.

1970년 대 영국에 살 때 본 외신 기사가 떠오른다. 프랑스에서 태권도장을 하던 한국의 한 젊은 태권도 사범이 그 당시 프랑스뿐만 아니라 전 유럽 아니 세계적으로 인기 절정의 프랑스 여배우에게 프러포즈해서 성공했다는 기사였다. 특히 인상적이었던 것은 지금 이름은 기억나지 않지만 이 여배우가 한 말이다. 으레 잘생기고 돈 많고 유명한 남자의 차지가 되려니 하고 뭇 남성들이 자신에게 감히 접근조차 하지 않아 많이 외로웠는데 이 이름 없고 존재 없는 한국 청년이 용감하게 자신에게 열정적으로 사랑을 고백하더란다.

아, 그래서 자고로 미인美人은 용자勇者의 차지라 하는가 하면 모험 없이 얻어지는 게 없다Nothing ventured, nothing gained하는 것이
리라. 진주를 캐자면 목숨 걸고 깊은 바닷물 속에 뛰어들어야
하듯 말이다. 우리 옛 시조에도 있듯이 태산이 높다 하되 하늘
아래 뫼이련만 사람들이 제 아니 오르고 뫼만 높다 하지 않던
가. 좀 극단적인 예를 들자면 우리 옛 사극에서 보듯이 정혼했
다가 혼인도 하기 전에 남자가 죽어도 평생 수절해야 한다던
가, 멀쩡한 남녀가 비구승이나 비구니가 되고 신부나 수녀로
살다가 총각귀신 처녀귀신이 되느니 차라리 보쌈이나 겁탈이
라도 당해보는 게 낫지 않겠는가.

페르시아의 격언에 이런 말이 있다. "잘 생각하는 것은 현명
한 일이다. 잘 계획하는 것은 더욱 현명한 일이다. 그러나 잘
행동에 옮기는 것은 가장 현명한 일이며 가장 지혜로운 일이
다." 아, 그래서 토마스 에디슨도 이렇게 증언했으리라. "결과
이다. 나는 수많은 결과를 얻었다. 대부분의 사람들은 행동으
로 옮기지 않는 수천 가지의 좋은 생각을 가지고 있다."

우리 김지하의 '산책은 행동'이란 시를 반추해보자.

가슴은
사랑으로
채워라

산책은 행동

겨울나무를 사랑한다면
봄은 기적 같으리.

고독한 사람이
물 밑을 보리

이리쩌리 흩날리는
가랑잎에   훨훨훨
노을 불이 붙는다.
산책은 행동.

그리고 이해인의 시 '어떤 후회'도 한번 씹어보자.

어떤 후회

물건이든
마음이든

무조건 주는 걸 좋아했고

남에게 주는 기쁨 모여야만

행복이 된다고 생각했어.

어느 날 곰곰 생각해보니

꼭 그렇지만은 아닌 것 같더라구.

주지 않고는 못 견디는

그 습성이

일종의 강박관념으로

자신을 구속하고

다른 이를 불편하게 함을

부끄럽게 깨달았어.

주는 일에 숨어 따르는

허영과 자만심을

경계하라던 그대의 말을

다시 기억했어.

남을 떠먹이는 일에

밤낮으로 바쁘기 전에

가 슴 은
사 랑 으 로
채 워 라

자신도 떠먹일 줄 아는 지혜와
용기를 지녀야 한다던 그대의 말을
처음으로 진지하게 기억했어.

   자, 이제 용혜원의 시 '사랑할 수 있을 때'와 톨스토이의 '후
회'를 숙고해보자.

   사랑할 수 있을 때

   사랑할 수 있을 때
   사랑하렵니다.
   이 세상 속에서
   우린 무슨 둥우리를 만들어야 합니까.

   마음의 샘이 솟아오를 때
   사랑해야 합니다.
   세월이 흐르면
   모두들 떠납니다.

사랑할 때의 행복보다 더한 기쁨은

이 세상 어느 곳에도 없습니다.

사랑할 수 있을 때

사랑해야겠습니다.

모두 다 가버리면 너무도 외롭습니다.

우린 영원을 사랑해야 합니다.

약속도 언약도 시간이 흐르면 또 떠나고 맙니다.

사랑할 수 있을 때

사랑하고 말겠습니다.

후회

 러시아의 대문호이자 사상가인 톨스토이가 여행 중 한 주막에 들렀을

때 이야기입니다. 하룻밤을 지내고 다음날 아침 주막을 나오려 할 때 주

막집 어린 딸이 톨스토이의 빨간 가방을 갖고 싶어 자신의 어머니를 조르

고 있었습니다. 이를 본 톨스토이는 본인이 여행 중이고 가방 안에 짐이

있었기에 아이에게 줄 수 없다고 하고 대신 집에 돌아가 짐을 비우고 가

방을 주리라 생각했습니다. 며칠 후 다시 그 가방을 들고 주막집을 찾아

갔습니다. 하지만 소녀는 이미 죽어 공동묘지에 묻힌 뒤였습니다. 톨스토

가 슴 은
사 랑 으 로
채 워 라

이는 소녀의 무덤을 찾아가 가져온 가방을 무덤 앞에 놓고 비석을 세워주었습니다. 톨스토이는 후회했습니다. 만약 그때 주막집 어린 딸에게 선뜻 가방을 내주었다면 그 어린 딸은 기쁘고 행복한 마음에 생명의 끈을 조금 더 붙잡았을 수도 있었을 텐데 그 어린 생명이 이 세상에서 가졌던 마지막 소망을 들어줬을 수도 있었을 텐데 하는 생각을 떨치지 못했습니다. 우리는 사랑을 미루지 말아야 하겠습니다.

"하고 후회하는 것보다 안 하고 후회하는 게 마음에 오래 남는다."는 말이 있듯이, 우리 각자 각자의 가슴 뛰는 대로 살다 보면 결과가 어떻든 후회할 일도 없으리.

Fill Your Heart With Love
t w e n t y t w o

원영이에게 바치는 조사 弔辭

잇단 아동 학대 사건에서 보듯 인간이 짐승보다 못한 것 같다. 모성애는커녕 제 새끼밖에 모르는 마귀, 악마보다 잔악한 계모는 물론이고 생부들의 냉정하고 무책임하다 못해 포악하기까지 한 생부들을 보면 말이다. 바닷물고기 가시고기 수컷은 암컷이 알을 낳으면 쉬지 않고 몸을 흔들어 산소를 공급하고 다른 물고기가 오면 죽기 살기로 맞선다고 한다. 그렇게 먹지도 자지도 않고 힘을 쓰다가 결국 숨을 거두고 만다. 황제펭귄 수컷은 암컷이 낳은 알을 제 발등에 올려놓고 먹지도 않은 채 4개월 동안 몸으로 품어 부화시킨다고 한다. 추위와 배고픔을 견디게 하는 것 역시 동물의 부성이라는데 어찌 같은 동

가슴은
사랑으로
채워라

물인 인간에게만 없을 수 있단 말인가.

2016년 3월 19일자 중앙일보 오피니언 페이지 박재현의 시
시각각時視各角칼럼 '소금인형이 돼 버린 원영이'에서 박재현은
이렇게 너무도 가슴 아프게 사실적으로 묘사하고 있다.

2015년 2월의 그날 밤은 바람이 유난히 사나웠다. 1.6㎡
크기의 연립주택 베란다엔 여섯 살 남자 아이와 아홉 살의 여
자 아이가 갇혀 있었다. 창틀 사이로 스며든 칼바람이 원영이
남매의 어린 살결에 날을 세웠다. 추위에 온몸을 떨던 원영이
는 누나 품속을 찾았다. 요강에선 비릿한 냄새가 냉기를 헤치
며 올라왔다. 원영이가 용변을 제대로 가리지 못한다는 이유
로 남매는 저녁부터 벌을 서고 있었다. "누나 추워. 엄마 보고
싶어" 원영이의 울음이 목구멍을 갉으며 새어 나왔다. "조용
히 해. 새엄마 들어" 남매는 실밥이 터진 내복차림이었다. "똑
바로 서 있지 못해" 바람의 괴성을 뚫은 외마디가 차가운 공기
를 떨게 했다. 얼마 뒤 남매는 기진맥진해 방으로 들어갔다.
구름이 무겁게 내려앉은 밤하늘이 창문 틈으로 보였다. 원영
이는 눈을 깜박이며 엄마별을 찾으려 했다. 바람은 거세졌고,
울음은 끝을 알 수 없었다. 1년 전 아동센터에서 보낸 시간들
이 꿈속으로 찾아왔다.

2013년 말, 한 아주머니가 말을 걸어 왔다. 남매는 동네에서 놀고 있었다. "춥지 않아? 옷이 이게 뭐야? 집이 어디야?" 남매는 아주머니의 손을 잡고 센터라는 곳에 갔다. 직원들이 준 음식들을 바닥까지 핥았다. 새엄마가 자는 동안 고양이 걸음으로 나온 남매의 센터생활은 3개월 가까이 이어졌다. 그리고 두 달간의 안식, 처음으로 맛본 가정이었다. 센터 소장의 집에서 낯선 첫 경험은 행복이었다. 털은 다 빠지고, 눈은 퀭한 괴물처럼 생긴 동물이 나타나면서 남매는 잠에서 깼다. 아빠를 잡은 손은 새엄마에게 건네졌다. 한 번씩 보던 엄마와의 연락은 끊겼다. "사랑하는 엄마에게. 엄마 사랑해요. 그리고 아프지 말고 잘 지내세요. 원영이가 많이 보고 싶어 해요. 저도 보고 싶고요. 새엄마가 집에 들어오는 대신 방에서 말 한마디 못하고 밥은커녕 김밥만 줘요. 그래도 걱정하지 마세요. 저희는 잘 지내고 있으니까요. 사랑해요."

엄마에게 쓴 누나의 편지는 허공으로 날아갔다. 꿈 꿔서는 안 될 꿈을 꾼 것인가. 새엄마는 점점 무서워졌다. "미친 것들이 어디 가서 무슨 말을 한 거야." 집에 찾아왔던 센터 아주머니의 뒷모습을 향한 저주가 남매에게 돌아왔다. 그리고 원영이는 어둠 속으로 빨려들었다. 2015년 11월. 원영이는 베란다 대신 욕실에 갇혔다. 속옷 차림으로 들어가 몇 시간이고 앉아 있어야 했다. 배고픔과 추위 속에 몸은 굳어갔다. 똑딱 소리와 함께 욕실 불이 켜지고 아빠가 들어왔다. 잘못했다고 빌었지만 이내 불은 꺼졌다. 그리고 새엄마의 폭력이 이어졌다. 미끄러운 바닥에 넘어지면서 이마가 찢어졌다. 두 달 뒤 원영이는 눈을 뜰 수가 없었다. 속은 울렁거리고 머리의 통증은 계속됐다. 누나마저 없었다. 새엄마가 뿌린 락스가 지난겨울의 추위만큼 살 속을 파고들었다. 그리고 다시 물세례와 함께 1L의 락스가 어린 몸에 부어졌다. 정신은 점점 희미해졌고, 원영이는 엄마와 별을 세는 미몽에 빠졌다. 그러고는 더 이상 눈을 뜰 수 없었다.

새엄마와 아빠는 원영이를 이불에 둘둘 말아 다용도실 세탁기 옆에 놓았다. 열흘 뒤 원영이는 야산의 후미진 곳에 던져졌다. 1m 12.5cm의 키에 15.3kg으로 측정된 원영이 몸에 지방이 없었다. 위에선 음식물이 나오지 않았다. 부검의는 영양실조라고 했다. 머리 부위에선 외부 충격에 의한 것으로 의심되는 피고임 현상이 나타났다. 이마 부위의 피부 조직은 딱딱해져 있었다. 락스에 의한 것으로 보인다는 것이 경찰 설명이다. 2009년 9월 태어나 채 네 살도 안 된 2013년부터 3년간 학대에 시달리던 원영이는 그렇게 소금 인형처럼 욕실에서 녹아버렸다. 경찰은 피해 아동은 공개하기 어려운 험한 일을 너무도 많이 겪은 것 같다고 말했다. 우리 사회는 뭘 할 수 있을까. 파란 하늘엔 일찍 저버린 또 하나의 꽃잎이 흩날렸다.

2016년 미주판 한국일보 글마당에 실린 이상조(선교회 대표)의 다음과 같은 조시弔詩를 여기에 옮겨본다.

원영이를 보낸다

원영아!
너를 지켜주지 못한
나를 그리고 우리를 용서해 다오

감히 어른이라고 말하기 부끄러운
내가 그리고 우리가
부모이기를 포기하고
지옥에서 올라 온 네 아빠와 엄마가
찾아 올 수 없는 곳에서

너를 가슴에 안고
네 아픈 상처를 치료하시는

가슴은
사랑으로
채워라

하늘 아버지가 계시는
주님의 품 안에서 행복하게 살거라.

때릴 사람도 없고
굶기지도 않고
감금하지도 않는 곳에서

친구와 가지고 싶은 장난감으로
재미있게 놀고
맛있는 것도 많이 먹고
누구도 구속하지 않는
하늘 아버지 집에서 신나게 뛰어 놀거라.

원영아!
이 죄악된 세상을 원망하지 말고
영원한 나라에서 꼭 꼭 행복하게 살거라.

원영아!
뒤돌아보지 말고
밝은 빛만 보고 가거라.
영원한 너의 나라로…

원영아!

행복하거라.

널 지켜 주지 못한

나를 그리고 우리를

다시 한 번 용서해다오

잘 가거라.

원영아!

　　이토록 참혹한 일들이, 어찌하여 자고이래自古以來로 세계 방
방곡곡에서 계속 일어나고 있는 것일까. 동서고금을 막론하고
인간의 본성이 선한가 악한가에 대해 성선설과 성악설이 있어
왔지만 기독교의 절대적인 영향을 받아온 서양은 물론 동양에
서도 기독교의 성서라는 Bible에 기인한 원죄론 때문에 인류
의 온갖 비극이 빚어지고 있는 게 아닐까. 어린애 같지 않으면
천국에 들 수 없다는 예수의 가르침을 따른다는 크리스천들이
어떻게 어린애들이 원죄를 타고난 죄인들이라고 세뇌시켜 우
리 모두 스스로를 미워하고 저주하게 할 수 있는지 불가사의
중에 불가사의한 일일 수밖에 없다. 어린애들에게 원죄original sin
가 아닌 원복original blessing을 타고났다는 깨우침을 줬더라면, 신성

가　슴　은
사　랑　으　로
채　워　라

divinity을 타고난 어린애들이 사는 세상이 지상 지옥이 되는 대신 지상 천국이 되지 않았을까.

남녀노소 할 것 없이 사람은 누구나 자기 자신을 존중하고 사랑할 수 있을 때 비로소 다른 사람도 존중하고 사랑할 수 있지 않은가. 원초적으로 죄인이란 스스로의 최악의 이미지를 갖고 있는 한 최악의 행동이 나타날 수밖에 없지 않겠는가. 그것도 예수의 피로 대속代贖 받아 구원 받는다고 자위해가면서 말이다. 존 레논의 노래 '상상해보게Imagine' 노랫말처럼…….

하늘에 천국도 없고
땅 속에 지옥도 없다고
상상 좀 해보게
어렵지 않다네.

우리는 대우주인 하나님의 축소판 소우주임을 자각하고 스스로를 사랑할 때에라야 비로소 서로를 사랑하고 온 우주를 사랑할 수 있으리라. 그럴 때 지상낙원이 되리라. 우리 모두에게

이 점을 깨우쳐주려고 원영이는 그의 십자가를 지고 골고다를
넘어간 우리 모두의 어린 예수임에 틀림없어라.

가 슴 은
사 랑 으 로
채 워 라

Fill Your Heart With Love
t w e n t y t h r e e

포르노냐 사랑이냐

미국의 고속도로를 달리다 보면 길가에 높이 세워진 광고간판들이 보인다. 대부분이 상품이나 기업광고들이지만 더러는 취중 또는 졸음운전을 경고하는 공익 메시지들도 있다. 그 중 눈에 띄는 것으로 '포르노가 사랑을 죽여 버린다. ^{Porn kills love}'라는 것도 있다. 요즘 기성정치, 종교, 문화, 전통, 관습에 염증을 느껴서일까 세계 각국에서 기현상이 일어나고 있다. 뿐만 아니라 인공지능 개발로 전에는 상상조차 못하던 일들이 일어나고 있지 않은가.

"도널드 트럼프는 전 세계를 통틀어 가장 위험한 인물이다."

연초 독일의 스피겔지가 내린 진단이다. 북한의 김정은과 그 일당은 말할 것도 없고, 미국처럼 자유민주주의 체제를 표방한다는 남한에서 조차 독선을 고집하는 박근혜 대통령과 맹종하는 정치인 집단의 친박−비박 간 이전투구로 여권의 막장에다 야권의 돌려막기, 주워담기 공천이란 절망적인 고질병이 치유불능 구제불능지경이라 하지 않는가. 그리고 새누리당의 '당 정체성' 컷오프는 권력의 포르노그래피란다. 그 누굴 탓하고 지탄하기 전에 우리 '등신별곡' 한 곡을 불러보자. '등신별곡'은 지인으로부터 받은 메일 내용이다.

등신별곡

등신들이 모여 사는 나라가 있다. 등신나라에는 귀족과 등신 두 계급만이 살고 있다. 귀족계급에는 정치귀족, 종교귀족, 언론귀족, 공무원귀족, 진보귀족, 노조귀족 등이 살고 이들을 잘 모셔야 복이 온다고 믿는 무속적 미망에 빠져 사는 노예근성을 가진 등신들이 함께 산다. 정치귀족에 국회의원이라고 있는데 등신들이 자신들이 투표하여 뽑아 놓고 국회의원들의 갑질에 굽실거리며 지배당하는 것을 당연한 것으로 여기며 산다. 정치귀족은 어떤 짓을 해도 법 위에 군림하므로 처벌하지 못한다. 정치귀족들이 누리는 특권을 등신들은 당연한 것으로 생각하니 정치귀족들은 파렴

치하게 특권을 향유한다.

  정치귀족들이 떼를 지어 서로를 위해주며 살아갈 수 있도록 실시간 지원하는 귀족이 언론귀족이다. 정치귀족 중 누가 하나 죽으면 영웅이니 큰별이 졌느니 설레발을 까며 등신들의 혼을 쏙 뽑아 놓는다. 등신들은 언론귀족이 보여 주는 거의 모든 내용을 그대로 믿고 따른다. 언론 귀족들은 담합하여 정치귀족들에게 불리한 소식은 절대 등신들에게 알려 주지 않는다. 정치귀족 못지않게 잘 나가는 귀족이 종교귀족이다. 적당한 경로를 통해 중, 목사, 신부, 수도자의 귀족으로 등극하면 개천에서 용 나듯이 궁핍으로부터 해방되어 풍요를 누리는데 이들을 모시는 종교등신들은 중, 목사, 신부, 수도자들이 잘 먹고 좋은 외제차 타고 자식들 유학 보낼 수 있을 만큼 잘 살 수 있도록 헌금으로 육보시로 가진 것 다 팔아 바쳐야 복을 받는다는 무속적 신앙의 망상을 등신들 영혼과 마음과 몸에 가득 담고 산다.

  공무원귀족들은 국가의 세금으로 호의호식하면서도 국가를 위해 일하지 않고 자기 자신의 행복 추구를 위해 갑질을 하는 것을 특권이라 생각하며 사는데 등신들은 틈만 나면 공무원 귀족들에게 돈을 싸들고 다니며 자기만 잘 봐 달라고 애걸복걸하니 젊은이들도 새로운 것에 도전하는 삶보다 공무원처럼 별로 하는 것 없이 등신 위에 군림하며 잘 먹고 잘 사는 공무원을 최고의 신의 직장으로 꼽고 공무원이 되기 위해 물불을 가리지 않는다. 진보귀족이란 평양 김가 3대 세습을 높이 받들어 모시며 평양 전체주의 부역질을 자랑스럽게 생각하며 김영삼, 김대중, 노무현, 이명박 정부 때 세력을 형성하며 이승만, 박정희를 독재자라고 등신들을 세뇌시키고 대한민국은 저주 받은 국가이며 지금도 친일파 후손들이 한국을 지배하고 미국제국주의의 식민지 상태에 살고 있다고 등신들에게 끊임없이 교육시키며 적당한 간격을 두고 거리로 몰려 나와 경찰들을 각목이나 대창으로 찌르며 폭력으로 폭동을 일으켜 사회혼란을 자행해도 등신들은 한마디 말도 못하고 멍청하게 딴 곳을 쳐다보며 애써 외면하며 산다. 진보귀족들은 남북통일이 되면 자신들의 거짓이 다 드러나므로 통일은 절대 안된다고 우기며 산다.

노조귀족은 일 안하고 거들먹거리며 떵떵거리며 잘 먹고 잘 사는 귀족이라 일하기 싫어하는 인간들의 로망이다. 등신노조원들은 노조귀족들이 고급승용차에 운전기사를 두고 룸살롱을 돌아다니며 정치귀족, 언론귀족, 종교귀족들과 어울려 놀아난다는 것도 모르는 체 노조귀족들이 행사 계획을 하면 등신노조원들은 춥거나 비가 내려도 군소리하지 않고 행사장으로 몰려가 시키는 대로 노래 부르고 소리치고 놀다가 오는 것을 자랑스러워하고 보람을 느끼며 산다. 귀족계급들 정치귀족, 종교귀족, 언론귀족, 공무원귀족, 진보귀족, 노조귀족들은 오늘도 자신들의 귀족계급이 자손만대까지 귀족으로 살려는 꿈을 꾸며 등신들을 속이고 음모를 꾸미고 간교한 계략을 진화시켜 가는데 등신들은 알아채지 못한다.

가슴은
사랑으로
채워라

등신들아! 등신들아! 등신이 된 것을 팔자라고 말하지 마라! 너는 너 자신이 스스로 선택한 등신역을 벗어나야 한다. 등신들아 나 자신을 포함한 이 등신들아!

2016년 3월 22일자 미주판 한국일보 오피니언 페이지 젊은 시각 2030 칼럼 '관해난수'에서 번역가 노유미는 인간관계에 있어 가장 중요한 것은 소통과 공감이지만 "타인과의 관계보다 스스로와의 관계가 우리에게 미치는 영향이 더욱 강력한 지도 모른다."며 故 신영복 교수의 주장처럼 주어진 조건이 그들 인생의 기득권을 보장해 준다고 생각한다면, 우리를 둘러싼 모든 조건은 스스로를 가두는 두꺼운 벽이 될 수밖에 없다고 본다. 그러면서 이 칼럼 필자는 이렇게 글을 맺고 있다.

"관해난수觀海難水란 말이 있다. 풀이하자면 바다를 본 사람이면 물을 말하기 어려워한다로, 큰 것을 깨달은 사람은 아주 작고 사소한 일도 함부로 이야기할 수 없다는 의미이다. 타인을 진정으로 헤아릴 줄 아는 사람으로 거듭나는 비결이 이 사자성어 안에 있지 않나 싶다. 자아란 깊은 심연을 거짓 없이 들여다본 사람이라면, 비록 얕아 보일지도 모를 누군가의 강줄기를 들여다 봐야 한다. 그 강줄기 수원지의 거대함을 가늠

하고 또 기대할 수 있기 때문이다."

　최근 더불어 민주당 김종인 대표의 셀프공천 수가 413 총선 바둑판에 놓이는 순간 바둑판에서 흔히 쓰는 격언인 소탐대실小貪大失의 전형적 사례가 되고 말았다지 않는가. 그렇다면 포르노로 인해 사랑을 잃는 일이야말로 소탐대실 중에 소탐대실일 테고, 관해난수이듯 사랑이란 바다에서 유영遊泳하는 사람은 포르노란 물방울로 결코 조금도 더럽혀질 수가 없으리라. 어쩜 나는 아주 어린 나이 열 살 때 이 사실 아니 진실을 일찍 깨닫고 이런 동시를 짓게 되었나 보다.

　　　바다

　　　　영원과 무한과 절대를 상징하는
　　　　신神의 자비로운 품에
　　　　뛰어든 인생이련만
　　　　어이 이다지도 고달플까.

　　　　애수에 찬 갈매기의 꿈은
　　　　정녕 출렁이는 파도 속에 있으리라.

　　　　　　　　가슴은
　　　　　　　　사랑으로
　　　　　　　　채워라

인간의 마음아
바다가 되어라.
내 마음
바다가 되어라.

태양의 정열과
창공의 희망을 지닌
바다의 마음이 무척 부럽다.

순진무구한 동심과
진정한 모성애 간직한
바다의 품이 마냥 그립다.

비록 한 방울의 물이로되
흘러 흘러 바다로 간다.

자, 이제 오늘 친구로부터 받은 '한 획의 기적'을 나누고 싶
어 여기에 옮겨 본다.

고질병에 점하나 찍으면
고칠병이니 점 하나는
그렇게 중요합니다.

마음 심心 자에
신념의 막대기를 꽂으면
반드시 필必 자가 됩니다.

불가능 이라는 뜻의
Impossible이라는
단어에 점 하나를 찍으면
I'm possible이 됩니다.
부정적인 것에
긍정의 점을 찍었더니
불가능한 것도 가능해 졌습니다.

빚이라는 글자에
점 하나를 찍어보면
빛이 됩니다.

Dream is nowhere.

가 슴 은
사 랑 으 로
채 워 라

(꿈은 어느 곳에도 없다)가
띄어쓰기 하나로
Dream is now here.
(꿈은 바로 여기에 있다)로 바뀝니다.

부정적인 것에
긍정의 점을 찍으면
절망이 희망으로 바뀌는 것입니다.

그렇습니다. 불가능한 것도
한순간 마음을 바꾸면
모든 것은 가능합니다.

오늘도 인생 최고의 날
멋진 하루를…….

Fill Your Heart With Love
twenty four

우린 모두 성신星神들이다

"네 세상은 너. 난 내 세상_{Your world is you. I am my world}"

미국의 시인 월리스 스티븐스(1879-1955)의 '소나무 숲 속 작은 닭들_{Bantams in Pine-Woods}'에 나오는 한 시구詩句다. 스티븐스 는 낮에는 직장인 보험회사 일을 보면서 밤에는 어떻게 자신 과 세상이 서로에게 의존하는지, 어떻게 자신이 경험하게 되 는 세상을 자신이 창조하게 되는지, 평생토록 시작詩作을 통해 천착했다고 한다.

최근 출간된 폴 마리아니_{Paul Mariani}의 평전 'THE WHOLE

가슴은
사랑으로
채워라

HARMONIUM : LIFE OF WALLACE STEVENS'에 따르면 스티븐스에겐 뭣보다 신神의 죽음이 추상적인 개념이나 진부한 문구가 아닌 영구적인 도전으로 이를 그는 예술과 윤리적인 문제로 심각하고 진지하게 다뤘다. 우리가 스폰서로서의 신의 후원 없이 어떻게 삶을 살아야 하는가 하는 문제는 우리 자신의 삶의 의의를 우리가 찾아 만들어 낼 책임이 우리 각자에게 있다는 것으로 처음부터 끝까지 스티븐스 시의 주제가 되었다. 그의 해법이란 한 때 종교가 맡았었던 역할을 이젠 시 혹은 더 넓게 우리의 상상력이 수행해야 한다는 거다. 이를 스티븐스는 '예술지고의 픽션supreme fiction of art'이라 명명해 부른다.

이 최상지고의 픽션supreme fiction은 신화가 청소제거 되었으나 시어詩語로 승화된 현실로 우리를 돌려준다고 그의 '최고픽션을 위한 노트Notes Toward a Supreme Fiction'에 그는 이렇게 적고 있다.

우리와 우리 이미지를 추방한 하늘의

더할 수 없이 아득히 먼 청결함으로

깨끗이 씻긴 해맑은 해라는 생각으로 바라볼 때

태양은 얼마나 깨끗한가.

How clean the sun when seen in its idea,

Washed in the remotest cleanliness of a heaven

That has expelled us and our images.

'눈사람The Snow Man'에서 그는 또 이렇게 적고 있다.

그 자신은 아무 것도 보지 않는다.

거기에 있지 않는 아무 것도

그리고 있는 아무 것도

Nothing himself, beholds

Nothing that is not there and

Nothing that is.

마치 유체이탈이라도 하듯 초연한 경지에서 자신을 포함한
모든 사물을 관조한 스티븐스는 시인이라기보다 아무 것도 아
닌 것처럼 보이는 것에서 하나의 우주를 창조한 마술사 아니
어쩌면 신a god이었으리라. 이것이 어디 스티븐스뿐이랴. 우리
모두 다 그렇지 않나. 이 세상에 태어나는 순간부터 떠나는 순
간까지 쉬지 않고 각자는 각자 대로 각자의 현실, 곧 자신만의

가 슴 은
사 랑 으 로
채 워 라

세상과 우주를 시시각각으로 창조하고 있는 것이리라.

신현림 시인은 '바다는 바다를 닮고'를 들려준다.

바다를 보면 바다를 닮고
나무를 보면 나무를 닮고
모두 자신이 바라보는 걸 닮아간다.

떨어져서 아득하고 아름다운
너는 흰 셔츠처럼 펄럭이지
바람에 펄럭이는 것들을 보면 가슴이 아파서
내 눈 속의 새들이 아우성친다.

너도 나를 그리워할까
분홍빛 부드러운 네 손이 다가와 돌려가는
추억의 영사기
이토록 함께 보낸 시간이 많았구나.
사라진 시간 사라진 사람

바다를 보면 바다를 닮고

해를 보면 해를 닮고

너를 보면 쓸쓸한 바다를 닮는다.

자, 이제 정현종 시인의 '한 송이 바다'도 음미해보자.

한 송이 바다

바다 한 송이를

애기동백들은

감당하지 못한다.

붉고 붉고

수없이 붉어도

이상하리만큼 무력하다

한 송이 바다 앞에서는.

하지만 우린 모두 코스모스바다에서 출렁이는 성신星神들임을 잠시도 잊지 말아야 할 일이어라.

가슴은
사랑으로
채워라

Fill Your Heart With Love
t w e n t y f o u r

썸타는 자유의 바람이 분다

"자유의 바람이 분다. Die Luft der Freiheit weht ; The wind of freedom blows"는 미국 스탠퍼드대 모델을 상징하는 문장紋章에 나오는 말이다. 실리콘밸리는 한국 경제가 본받을 만한 가장 중요한 롤모델이다. 실리콘밸리의 중심은 스탠퍼드대다. 미국뿐만 아니라 세계에서 1, 2위를 다투는 대학이다. 최근 스탠퍼드대 존 L 헤네시(63) 총장이 한국을 방문했다. 중앙일보 김환영 논설위원과 가진 인터뷰에서 그는 '자유의 바람이 분다'는 문구에 대해 이렇게 설명한다.

"새롭고 다양한 생각, 자유로운 탐구를 추구하는 표현이다.

학교 설립자인 릴런드 스탠퍼드(1824-1893)만 해도 시카고에서 변호사 생활을 하다가 일이 잘 안 돼 캘리포니아로 이주한 후 기업인이 됐다. 학술적-기업가적 자유는 스탠퍼드 역사에 전통으로서 깊게 뿌리내리고 있다. 우리 학생에게는 그들의 선배인 야후의 제리 양, 데이비드 파일로, 구글의 래리 페이지-세르게이 브린이 영웅이다. 그들은 세상을 바꿨기 때문이다."

이 '자유의 바람'은 학술이나 기업에서뿐만 아니라 한국의 전통적으로 고루하도록 보수적인 성풍속도에 2030 성담론 "썸타는 사람과 하룻밤 그게 뭐 별건가요"란 큰 변화를 가져오고 있다는 보도다. 2016년 3월 25일자 한국일보는 특집 기사로 요즘 한국 사회 젊은 세대의 성에 대한 생각은 거침없다며, 사귀는 사람과만 잠자리를 갖는다는 발상은 더 이상 통용되지 않는다고, 사회관계망 서비스 등을 활용, 구체적인 사례들을 소개했다. 이렇게 그 동안 쉬쉬하던 성에 대한 담론이 양지로 나오고 있다. 국내 대표 모텔 예약 응용 소프트웨어 앱인 '야놀자'와 '여기 어때'는 지난해 4월부터 첫 케이블 TV 광고를 시작했다. 이들은 유명 코미디언이나 여성 연예인을 등장시켜 '씻고 싶다' '혼자 있기 싫다' 같은 자극적인 자막으로 이성과의 하룻밤을 암시하고 있다. TV 예능 프로그램에서도 성은 프로그램을 이끌어가는 주제로 당당히 올라섰다.

2030세대들은 이러한 성적 공개담론의 수위가 그리 높은 것은 아니라고 평가했다. 2030세대들이 성적 담론에 대해 긍정적 반응을 보이는 것은 아직은 보수성이 강한 한국 사회에서 이러한 흐름이 탈출구 아니 해방구 역할을 한다고 보기 때문으로 풀이된다. 한 예로 시크릿의 전효성이 최근 두 번째 솔로 미니앨범 '물들다 : Colored'로 남심男心을 물들이고 있다는데, 그도 그럴 만한 것이 베일을 벗은 전효성의 앨범 커버 사진이 꽃다발을 들고 있는 버전과 욕조에서 매혹적인 분위기를 뿜고 있는 스페셜판 두 버전에다. 이번 새 앨범에는 타이틀곡 '나를 찾아줘'를 비롯해 '딱 걸렸어, '쏘 굿', '디어 문', '헬로' 등이 담겨 있단다.

이는 전 세계적인 현상인가 보다. 지난 3월 17일 호주 브리즈번 공연에서 마돈나에게 성추행을 당한 여성팬이 SNS를 뜨겁게 달궜다. 당시 마돈나는 이 여성팬을 무대 위로 불러 갑자기 엉덩이를 때리고 싶을 만큼 매력적이라고 말하며 코르셋을 끌어내려 맨 가슴을 노출시키는 돌발 행동을 했다. 수천 명 앞에서 뜻하지 않게 가슴을 노출하게 된 이 여성팬의 이름은 조세핀 조지우로 바리스타이자 모델지망생이었다. 공연이 끝나고 조세핀은 한 인터뷰에서 자신의 인생 최고의 순간이었다며 마돈나를 고소할 생각이 없다고 밝혀 화제가 됐다.

그런가 하면 580만부가 팔린 베스트셀러 '오체불만족五體不滿足'의 저자 오토타케 히로타다(39)의 불륜 의혹이 3월 31일자로 발간된 일본 주간지 주간신조新潮에 대서특필됐다. 주간신조 온라인판인 데일리 신조는 오토타케가 지난해 말 20대 후반의 여성과 함께 튀니지와 파리를 여행했고, 불륜을 들키지 않기 위해 다른 남성 1명도 동행시켰다고 보도했다. 2001년 결혼한 아내와의 사이에 8살과 5살 남자 아이와 1살 된 딸을 두고 있는 오토타케는 처음에 의혹을 부인했지만 나중에는 육체관계도 있었다고 실토하며 불륜이라고 인식해도 무방하다면서 그녀와는 3~4년 전부터 사귀어 왔다고 시인했다. 그는 이어서 지금껏 결혼생활 중에 5명의 여성과 불륜을 저질렀다고 고백하기도 했다. '선천성 사지 절단증'으로 팔다리 없이 태어났음에도 와세다대에 진학했으며 자신의 경험을 담은 책 '오체불만족'을 통해 이름을 날린 오토타케의 최근 저서로는 '오체는 불만족, 인생은 대만족'이 있다.

어디 이뿐인가. 다른 나라들은 그만두고 미국 정계만 보더라도 바람둥이 케네디 전 대통령과 클린턴 전 대통령은 물론, 마

가슴은
사랑으로
채워라

음속으로 간음한 사실을 고백한 카터 전 대통령이 있지만 요즘에 와선 점입가경이다. 얼마 전 공화당 대선 주자 도널드 트럼프와 지금은 후보를 사퇴하고 만 마르코 루비오 간의 경선토론에서 자신의 자지 사이즈 크기를 거론하더니, 최근엔 선두 주자 도널드 트럼프와 테드 크루즈(텍사스) 연방상원의원의 막장 부인 싸움까지 벌였다. 크루즈의 수퍼팩(정치활동위원회)인 '미국을 멋지게Make America Awesome'가 온라인 선거 광고에 트럼프의 아내 멜라니아가 트럼프와 결혼하기 전인 2001년 1월 남성잡지 GQ에 실렸던 어깨와 허리, 엉덩이 라인 일부가 그대로 드러난 누드 사진에 "차기 퍼스트레이디 멜라니아 트럼프를 맞거나, 이를 원치 않으면 3월 22일 유타주에서 경선이 열리던 화요일 테드 크루즈를 지지해 달라. MEET MELANIA TRUMP. YOUR NEXT FIRST LADY. OR. YOU COULD SUPPORT TED CRUZ ON TUESDAY."는 문구를 넣었다. 그러자 트럼프는 트위터에 슈퍼모델 출신인 자신의 부인과 일그러진 표정의 크루즈 부인 하이디의 얼굴을 나란히 붙여 외모를 비교시키는 사진을 올리면서 이 사진에 "말이 필요 없는 사진"이라는 조롱성 문구도 넣었다.

  미국을 이끌어갈 지도자를 뽑는 경선이 후보는 물론 후보의 부인까지 인신공격과 성적 희롱의 대상이 되는 진흙탕 싸움으로 변질된 것이다. 자, 이제 우리 일종의 동음동의어 같은 '썸

탄다'는 섹스와 '섬긴다'는 사랑의 본질을 좀 살펴보자. 식욕처럼 성욕도 육체적인 생체 리듬으로 성적인 바람을 타는 것이라면, 사랑은 섬김의 바람을 타는 것이리라. 내 몸과 마음은 물론 상대방의 몸과 마음, 그리고 나아가 우주 만물을 섬기는 바람을 타는 것이리라. 바람의 생리가 언제 어디서나 항상 거침없이 자유롭게 부는 거라면 그 누가 감히 그 어떤 윤리나 인습 도덕으로 이렇게 자연적인 사랑의 바람을 잡아 가둘 수가 있으랴. 천부당만부당한 일이어라.

2016년 3월 25일자 중앙일보 week& 페이지에 기고한 글 '하인처럼 봉사하며 조직 이끄는 사람이 진정한 리더'에서 김성국 이화여자대학교 경영대학장은 아래와 같이 헤르만 헤세의 '동방순례Morgenlandfahrt'를 소개한다.

"경영이 인문학에 길을 묻는다면 반드시 만나야 하는 작품이 헤르만 헤세의 동방순례다. 저자 헤세는 1932년 57세 되던 해에 판타지적 순례 이야기인 동방순례를 출간하였다. 이 이야기는 비밀결사 또는 결맹結盟Bund에 가입하여 순례자들과 함께 동방으로 여행을 떠나는 H.H.의 여행기라고 볼 수 있다. 여기서 H.H.는 저자인 헤르만 헤세 자신을 의미하는 것으로, 헤세는 이 순례여행기를 통해서 자신의 내면의 이야기와 사상을 풀어냈다고 볼 수 있다. 이 신비에 가득 찬 순례기는 동양의 현인들이 도를 닦으며 도를 찾아가는 과정과도 흡사하다. 이 소설은 오늘날 고학력—수평조직에 적합한 리더십 스타일로 손꼽히는 '서번트 리더십$^{servant\ leadership}$' 즉 '섬김의 리더십' 이론이 탄생하는데 결정적인 영감을 준 작품으로 유명하다."

여기서 말하는 '섬김의 리더십'은 '섬김의 바람'을 탄 사랑의 본질이라 할 수 있으리라. 다음과 같은 헤르만 헤세의 말에 나도 전적으로 동감이다.

"나는 음악을 좋아한다. 음악은 도덕을 초월한 것이기 때문이다. 음악 말고는 모든 것이 도덕과 관계가 있는데 나는 도덕이나 윤리와 전혀 상관없는 것을 좋아한다. 누가 뭘 전도하고 설교하는 것을 나는 언제나 못 견뎌 했다."

또 여기서 말하는 음악 대신에 섹스나 사랑이란 단어를 넣을 수도 있지 않을까. 우리 한국말이 참으로 기차도록 신통절묘하지 않은가. 우리말로 음악音樂은 또한 음악淫樂을, 성악聲樂은 또한 성악性樂을 의미하지 않는가. 그러니 이 얼마나 맛있고 멋있는 우연의 일치인가. 영어에서도 거의 동음이의어同音異意語^{homonym}인 두 단어 오르가니슴^{organism}과 오르가슴^{orgasm}이 음악의 두 동의어^{同意語synonym}로 바꿔 쓸 수 있음직 하지 아니한가. 어쩌면 이것이 음악의 진정한 뜻이리라.

그렇다면 섹스와 사랑과 삶은 삼위일체의 같은 하나가 돼야 하리라. 이럴 때에라야 썸과 섬김은 같은 것으로 우린 자유의 바람을 타고 하늘로 높이 날아볼 수 있으리라.

Fill Your Heart With Love
t w e n t y s i x

사냥은 사랑이 아니다

러시아의 대문호 레오 톨스토이(1828~1910)는 이런 말을 했다.

"사람은 지진도, 유행성 질병 전염병도, 온갖 감정적 고통을 견뎌내지만, 가장 큰 고민거리는 과거에도 현재에도 미래에도 침실에서 일어나는 비극이다. Man endures earthquakes, epidemics, the horrors of disease, and all sorts of emotional torment, but the most agonizing tragedy was, is, and will be the tragedy of the bedroom."

20세기 이후 픽업 아티스트 Pickup Artist (여성과의 성관계를 위해

유혹하는 일이 자신의 직업이라는 남성)라는 용어가 등장하면
서 최소한의 예의와 매너를 중시하던 카사노바의 설 자리는
사라졌다고 한다. 카사노바도 직업이 여성을 유혹하는 거라고
말한 적은 없다니까. 최근 영국 '인디펜던트'는 온라인 서점 아
마존에서 픽업 아티스트를 둘러싼 별점 전쟁이 벌어지고 있다
고 보도했다. 논란이 된 책은 루쉬 V(본명은 다리우시 발리자
데 Daryush Valizadeh)의 '뱅 : 더 많은 여성을 사냥하는 픽업의 성서性
書 Bang: The Pickup Bible That Helps You Get More Lays'이라는 책이다.

저자는 이 책을 '여성을 사냥해 눕히는 교과서textbook for picking up
girls and getting laid'라고 설명하고 있다. 비평가들은 이 책이 강간을
묵인하고 성폭력을 조장한다고 비난하고 있다. 책에는 술에
취한 여성과 잠자리를 갖는 법을 비롯해 법적으로 문제가 될
수 있는 저자 자신의 경험담이 가득하다. 서평가들은 아마존
의 책 판매 페이지에 책을 내려달라는 요구를 하며 부정적인
댓글 공격을 퍼붓고 있다. 한 서평가는 별점 1개를 주며 "공격
적이고 불편하다. 읽을 만한 가치가 없다"고 평가했고, 또 다
른 한 서평자는 "아마존에서 책을 빼달라. 그는 범죄자이고 역
겨운 방법을 가르치고 있다"고 혹평했다. 이에 대해 루쉬 V는
자신이 강간이나 납치를 옹호하는 것이 아니라며 남자다운 남
성을 회복하는 것일 뿐이라고 주장했다.

가 슴 은
사 랑 으 로
채 워 라

논란이 확산되자 반대급부로 별점 5개를 주는 이들도 늘었다. 현재 아마존에서 1,000여 명의 독자들이 별점을 매긴 가운데 만점인 5개의 별이 50%, 1개의 별이 36%로 극단적인 평가가 이어지고 있다. 다리우시 발리자데는 미국 출신의 픽업 아티스트로 자신의 저서를 통해 자신을 신남성주의자^{Neomasculinist}라 부르며 "성폭행을 합법화해서 여성들이 스스로 몸가짐을 조심하도록 해야 한다"는 주장을 펴고 있다. '리턴 오브 킹스'라는 모임을 조직한 그들은 2월 6일 국제 오프라인 모임을 계획하는 등 과격한 주장으로 비판 받고 있다.

당시 서울 종각역도 오프라인 모임이 계획되었지만, 비난이 이어지자 취소했단다. 한국에서도 2000년대 초반부터 자신을 픽업아티스트라고 주장하는 이들이 늘어나며 우려의 시선이 늘어나고 있다는 보도다. 지난해 9월에는 자신을 픽업아티스트라 주장하는 차모(22)씨가 처음 만난 여고생을 강간해 입건되기도 했고, 2013년 대구 여대생 살인사건의 범인도 자신을 픽업아티스트라고 자칭했다지 않나. 이들은 온-오프라인 강좌를 개설해 여성을 유혹하는 기술을 가르쳐준다며 자신의 체험담이나 몰카를 유포하는 등 범죄의 선을 아슬아슬하게 넘나들고 있다.

오늘날 미국에서도 아이들이 성교육을 포르노를 통해 받는다고 하는데, 더 이상 쉬쉬하지 말고, 섹스가 수치스럽다거나 외면할 일이 아니라고 주지시키고, 부모나 학교 선생님들이 건전한 성교육을 자녀와 제자들에게 솔직하게 제공하는 것이 시급한 것 같다. 사냥이 사랑이 아님을 일찍부터 깨우쳐주는 것 말이다.

우리 이향란 시인의 '젖지 않는 물'을 음미해보자.

살면서 뜨겁다는 말을 덧붙이고 싶은 것은
오로지 사랑에 대한 것뿐이다.
단 한 번의 사랑이 나를 그렇게 가두었다.
길들였다.
이후 그 어떤 것에게도 뜨거움을 느낄 수가 없다.
불감의 나날 속에는 데인 추억만 우뚝 서있다.
그 추억에 검버섯이 피어도 싱싱하다.
청춘의 한 페이지가 거기에서 멈췄다.
하여 나는 더 이상 젖어들 수 없다.

가슴은
사랑으로
채워라

이 시를 오민석 시인은 이렇게 해석한다.

"프로이트에 의하면 에로스의 목적은 더 큰 결속을 이루고 그것들을 서로 묶는 것이다. 리비도(Libido-성본능)가 대상으로 완전히 전이되어 대상이 자아를 대체해 버릴 때 우리는 사랑에 빠졌다고 한다. 뜨거운 사랑에 데어 본 자는 안다. 그 다른 어떤 것으로도 리비도가 전이되지 않는다는 것을. 자아는 망각으로 사라지고 그 어떤 것에 의해서도 더 이상 젖어지지 않는 상태에서 쩔쩔매는 것, 그게 사랑이다."

대탐소실大貪小失의 역설逆說

요즘 어린이들의 지능과 감성은 물론 성품도 어른들 뺨치도
록 조숙해가는 것 같다. 아니 우리 모두 어렸을 적엔 그렇지
않았는가. 구제불능일 정도로 타락한 어르신들을 닮아가기 전
까지는 말이다. 한두 예를 들어보자.

일곱 살짜리 내 외손자 일라이자Elijah가 태권도 클라스 견학
을 갔다 오더니, 레슨은 받지 않겠단다. 숫기가 없어서인지 몰
라도 주먹과 발길질을 하면 다른 아이를 다치게 할까 봐서란
다. 그러더니 좀 아쉬웠는지 할아버지가 보고 난 종이신문을
한 장씩 쫘악 펴서 양 손으로 잡으라더니 처음엔 손가락으로

가 슴 은
사 랑 으 로
채 워 라

다음엔 주먹으로 그리고 발로 야아앗 소리를 신나게 질러가면서 신문지를 격파하는 것이었다. 이렇게 방안 가득히 산산이 부서진 나무 조각들을 하나도 남김없이 다 긁어모아 비닐 쇼핑백에 잔뜩 넣어 묶은 종이 공들을 농구나 축구 볼로 열나게 한참 던지고 차고 노는 바람에 나도 숨이 차면서도 무아지경의 즐거운 금쪽같은 시간을 같이 보낼 수 있었다.

그룹 '시크릿'의 리더 전효성(27)의 두 번째 솔로 미니 앨범 '물들다 : 컬러드'의 쇼케이스가 서울 홍대 앞에 있는 예스24 무브홀에서 열렸다. 그녀는 이렇게 말했다. "솔로 앨범을 발표할 때마다 성장하는 느낌이라고 할까. 숙제를 검사 받는 기분도 들고 배우는 것들이 많다. 이번 앨범은 행복이라는 데 포커스를 맞춰 행복을 찾아가는 모습을 담고자 했다. 작곡가 오빠들이랑 이야기를 하는데 행복의 기준이 성공이 되면 절대 행복할 수 없다고 하더라. 그 이야기를 듣는데 머리를 띵하고 맞은 기분이 들었다. 나는 명예욕이 커서 성공하고 싶고 행복해지고 싶어 했다. 그런데 성공을 행복의 기준으로 삼으면 사소하지만 소중한 것들을 잃고 살게 될 것 같았다. 맛있는 아침과 햇살, 이렇게 쇼케이스를 여는 것 자체가 행복인데 말이다. 순간순간을 행복하게 사는 것이 미래의 행복이지 않나 한다."

미주판 한국일보 오피니언 페이지에 기고한 한국학교 교사 이숙진 씨의 짤막한 글 '살아가는 재미'를 나누고 싶어 전문全文을 여기에 그대로 옮겨본다.

"사는 재미가 하나도 없다는 말을 자주 듣는다. 삶에 대한 투정과 푸념도 종종 듣는다. 일요일도 없이 이리 뛰고 저리 뛰면서 새벽에 집에 와서 겨우 눈 붙이고 다시 달려 나가는 가게나 식당 주인, 하루 종일 남의 옷 빨고 발암물질인 벤졸 냄새로 코가 막힌다는 세탁소 주인, 달아오른 철판 앞에서 비지땀 흘리며 일하다가 기름 냄새로 식욕이 마비된 햄버거가게 주인 등 모두가 어려운 일을 생업으로 삶을 개척해 나가는 우리 이민자들의 모습이다. 어떻게 보면 우리의 삶이 메마르고 고달픈 것은 너무 조급하고 성공이나 출세에 지나치게 매달리기 때문인 것 같다. 정신없이 돈을 벌어 근사한 집 장만하고 고급 차 타면 행복할 것 같지만 이런 외형적인 조건만으로 인간은 만족하지 않는다. 살다 보면 눈에 보이는 것이 전부가 아니라는 걸 느낄 때도 많다. 행복이나 만족감은 내면세계에서 체험하는 주관적인 경험이기 때문이다. 다람쥐 쳇바퀴 도는 따분한 생활로 인생이 권태롭다면 잠시 일손을 내려놓자. 일상의 굴레로부터 벗어나 신선한 체험을 해보는 것이 좋다. 오붓하게 가족여행을 간다든지, 지역사회 발전을 위해 봉사활동을 한다거나, 아니면 내면의 세계로 여행을 떠나든지……."

내 주위에서도 밤낮 가리지 않고 365일 하루도 쉬지 않고 뛰던 40대 50대 재미 한인들이 어느 날 갑자기 쓰러지는 것을 보면서 1970년대 영국에 살 때를 떠올리게 된다. 런던 같은 큰 도시는 좀 다르지만 일반적으로 작은 동네가게들은 일요일엔 문을 닫고 주중에도 수요일과 토요일엔 아침 9시나 10시부터 정오까지만 영업하며 평일에도 오후 5시면 문을 닫는다. 물론 사회보장제도가 잘 돼 있기 때문이겠지만 사람들이 돈 몇 푼 더 버는 것보다 삶의 질을 더 중요시해서인지 여가 시간을 즐기는 것 같다. 동굴 답사니, 조류 탐사니, 독서 클럽이니, 브리지bridge 게임 모임이니, 수도 없이 많은 동호회를 조직하거나 아니면 가족 단위 또는 이웃 간의 친목으로 샌드위치와 보온병에 담은 차를 준비해 공원이나 경치 좋은 곳으로 피크닉 소풍을 간다.

내가 1980년대 미국 뉴저지 주 오렌지 시에서 가발가게를 할 때 매년 여름 휴가철이면 한 두 주 문을 닫고 여행을 다녀오면서 매상이 많이 줄어들까 봐 걱정을 했었는데 지나고 보니 별로 상관이 없었다. 가발이 필요한 사람들은 가게 문 닫기 전이나 다시 연 다음에 사가더란 얘기다. 흔히들 먹기 위해 사느냐 아니면 살기 위해 먹느냐 또는 일하기 위해 사느냐 아니면 살기 위해 일하느냐고 하지만 남녀노소 할 것 없이 우린 모두 정작 어린애들처럼 순간순간 아무 거라도 갖고 재미있게 놀기 위해 산다고 해야 하리라. 왜냐하면 복은 언제 어디에나 작은 것에 있어 티끌 모아 태산이라고 Many a little makes a mickle 큰 것만 탐내다가는 작은 것 전부를 다 잃게 되는 대탐소실大貪小失이 될 테니까 말이어라.

오늘 아침 다정한 벗 권영일 씨가 보내준 글 '복을 지니고 사는 방법'을 우리 같이 되새겨보고 싶어 여기에 옮긴다.

1. 가슴에 기쁨을 가득 담아라. 담은 것만이 내 것이 된다.

2. 하루를 멋지게 시작하라. 좋은 아침이 좋은 하루를 만든다.

3. 얼굴에 웃음꽃을 피워라. 웃음꽃에는 천만 불의 가치가 있다.

4. 남이 잘되도록 도와줘라. 남이 잘되어야 내가 잘된다.

5. 자신을 사랑하라. 행운의 여신은 자신을 사랑하는 사람을 사랑한다.

6. 세상을 향해 축복하라. 세상은 나를 향해 축복해 준다.

7. 기도하라. 기도는 소망성취의 열쇠다.

8. 힘들다고 고민 말라. 정상이 가까울수록 힘이 들게 마련이다.

가슴은
사랑으로
채워라

9. 준비하고 살아가라. 준비가 안 되면 들어온 떡도 못 먹는다.

10. 그림자를 보지 말라. 몸을 돌려 태양을 바라보라.

11. 남을 기쁘게 하라. 10배의 기쁨이 나에게 돌아온다.

12. 끊임없이 베풀어라. 샘물은 퍼낼수록 맑아지게 마련이다.

13. 될 이유만 말하라. 안될 이유가 있으면 될 이유도 있다.

14. 약속은 꼭 지켜라. 사람이 못 믿는 사람 하늘도 못 믿는다.

15. 불평을 하지 말라. 불평은 자기를 파괴하는 자살폭탄이다.

16. 어디서나 당당 하라. 기가 살아야 운도 산다.

17. 기쁘게 손해를 보라. 손해가 손해만은 아니다.

18. 요행을 바라지 말라. 대박을 노리다가 쪽박을 차게 된다.

19. 밝고 힘찬 노래만 불러라. 그것이 성공 행진곡이다.

20. 슬픈 노래를 부르지 말라. 그 노래는 복 나가는 노래다.

21. 푸른 꿈을 잃지 말라. 푸른 꿈은 행운의 청사진이다.

22. 감사하고 또 감사하라. 감사하면 감사 할 일이 생겨난다.

23. 남의 잘함만을 보고 박수를 쳐라. 그래야 복을 받는다.

Fill Your Heart With Love
t w e n t y e i g h t

윤동주와 마광수, 사마귀 타령

윤동주가 우리 모두의 히로hero라면 마광수는 안티-히로anti-hero라고 할 수 있을는지 모르겠다. 윤동주가 우리 무구無垢함의 화신이었다면, 마광수는 우리 유구有垢함에 솔직하다는 말이다. 왜 요즘 윤동주에 열광하는 것일까. 문학평론가 유성호씨의 말을 빌리자면 "여러 가지로 훼손된 우리 삶의 모습과 정반대인, 흠 없는 사람을 찾는 현상"이다. 이는 마치 원죄를 타고 난 인류의 구원을 위해 우리의 속죄양으로 동정녀가 낳았다는 독생자 예수뿐만 아니라 우리 육체적인 욕망, 욕정의 대변인 마광수를 십자가에 매다는 현상과 비슷하지 않을까. 여대생 제자와 성관계를 갖는 대학교수의 이야기 1992년 소설 '

가 슴 은
사 랑 으 로
채 워 라

즐거운 사라'로 구속되고 해임되는 등 고초를 겪은 연세대 마광수(65) 국문과 교수는 83년 윤동주 논문으로 학위를 딴 국내 윤동주 박사 1호다. 이에 대해 중앙일보 신준봉 기자와의 인터뷰에서 마 교수는 이렇게 항변한다.

"내가 변태 교수로 몰려 억울하게 잡혀가는 바람에 윤동주와 내가 궁합이 안 맞는다고 하는데 그렇지 않다. 그 사람도 솔직했고 나도 솔직했다. 사람이 먹는 거 하고 섹스. 둘밖에 더 있어. 나는 인간의 성적인 욕망을 솔직히 고백했다. 윤동주역시 성적인 것을 빼고는 자기를 다 들어냈다. 시가 곧 자기고백이다. '참회록' 같은 시를 봐라. 온통 자기에 대해 분석하고 부끄러워하는 내용이다. 끊임없이 회의와 모색을 하며 자기 내면을 해부한 사람이다. 시에 교훈도 별로 없다. 맑은 동심으로 쉽게 시를 썼다."

최근 거친 세파를 헤쳐 나가는 데 필요한 경구를 모은 책 산문집 '섭세론涉世論'을 출간한 마 교수는 인생은 본질적으로 허무한 것이기 때문에 적극적인 성적 쾌락 추구로 달래야 한다는 주장을 담았다며, 윤동주를 기적이라고 표현한다.

"술, 담배도 모르고 여자도 몰랐다. 아무리 추적해도 연애한 기록이 없다. 연세대 전신인 연희전문에 다닐 때 수업 끝나면 본정통이라고 불렀던 지금의 명동에 가서 책방 순례를 한 다음 카페에서 차 마셨다. 그래서 나는 윤동주가 기적이라고 본다."

이는 윤동주가 말하자면 신선처럼 이슬 먹고 구름 똥 쌌다는 얘기다. 그리고 윤동주의 저항시인 이미지에 대해 마 교수는 이렇게 이의를 제기 한다.

"그의 시를 저항시라고 하면 틀린 말이다. 그의 저항 대상은 자기 자신이었다. 일본에 독립운동 하러 간 게 아니다. 도항증渡航證을 받기 위해 창씨개명까지 하며 문학 공부하러 갔다. 시에 명시적인 저항이 없다. 오히려 내 목을 맬 테니 자르라는 식의 마조히스트 색채가 있다. 그만큼 내부 갈등이 많았던 사람이다."

그러면서 마 교수는 요즘의 윤동주 현상을 또 이렇게 진단한다.

"당시 시인들은 뭘 가르치려 하거나 과장되게 흐느끼거나 아니면 카프처럼 나가 싸우자고 부르짖거나였다. 윤동주에게는 세 가지가 하나도 없다. 가장 독창적인 시인이다. 시가 일기 같다. 윤동주에게는 두 가지 장점이 있다. 하나는 일찍 죽었다는 점. 우리에게는 요절한 사람에 대한 이상한 숭배가 있다. 내 제자지만 기형도도 그렇다. 또 하나는 잘 생겼다. 정직하고 깨끗하게 생겼다. 못생기고 뚱뚱했다면 이런 신화나 열광은 없었을 거야."

나는 그리스 신화를 좋아한다. 유대교나 기독교 신화와 달리 퍽이나 인간적이다. 마찬가지로 형이상학적인 예수나 윤동주보다는 형이하학적인 전태일이나 마광수에게서 더 진한 인간미를 느낀다. 그리고 손끝으로 쉽게 쓴 윤동주의 시보다는 온 몸을 불살라 쓴 전태일의 시가 비교도 할 수 없이 훨씬 더 감동적이고, 그가 쓴 소설에서 인간의 성적인 욕망을 솔직히 고백했다는 마광수보다는 실제로 거침없이 자유롭게 행동하는 삶을 사는 카사노바나 마돈나 같은 성남性男, 성녀性女들을 선망한다.

특히 간절히 빌고 바라건대 교미 후에 수놈을 잡아먹는 사마귀praying mantis처럼 전쟁과 폭력을 일삼는 모든 남성을 성교 후엔 즉각 인정사정없이 잡아먹어 치울 여성들의 출현을 죽도록 고대해 마지않는다.

자, 이제 마광수의 짧은 시 세 편을 우리 같이 읊어보자.

마음

나의 눈동자는 너무나 좁아

넓은 하늘 모두를

들여놓을 수 없다.

하늘은

조각조각 갈라져,

그 가운데 하나만이

나의 눈동자 곁을 지나간다.

때로는 구름을,

때로는 조그마한 태양을 동반한 채,

하늘은 내 눈동자 밖을

배앵뱅 돌며

언제나 한심스런 얼굴로

물끄러미 나를 바라본다.

가 슴 은
사 랑 으 로
채 워 라

다시 비

다시 비
비는 내리고
우산을 안 쓴 우리는
사랑 속에 흠뻑
젖어 있다

다시 비
비는 내리고
우산을 같이 쓴 우리는
권태 안에 흠뻑
갇혀 있다

다시 비
비는 내리고
우산을 따로 쓴 우리는
세월 속에 흠뻑
지쳐 있다

별

이 세상 모든
괴로워하는 이들의 숨결까지
다 들리듯
고요한 하늘에선

밤마다
별들이 진다

들어 보라

멀리 외진 곳에서 누군가
그대의 아픔을 위해
기도하는 시간

지는 별들이 더욱
가깝게 느껴지고

오늘
그대의 수심愁心이

가 슴 은
사 랑 으 로
채 워 라

수많은 별들로 하여

더욱
빛난다.

우연도 필연도 아닌 자연이다

지난 해 11월 파리에서 동시다발 테러사건이 난데 이어 최근엔 벨기에 수도 브뤼셀에서 또다시 끔찍한 연쇄테러가 일어났다. 어쩌다 이들은 자살테러범들이 되었을까. 평등하게 지역사회 일원으로 받아주지 않는 열악한 환경에서 꼴등 시민으로 차별 받으며 아무 희망도 없이 악전고투하다 못해 쌓이고 쌓인 사회문제가 화산이 폭발하듯 터지는 게 아닐까. 그건 그렇다 하더라도 미국의 일등 중에 일등 시민 이라고 할 수 있는 '유너바머'의 경우를 한 번 살펴보자. 그는 현재 종신형을 살고 있는 천재다.

가슴은
사랑으로
채워라

1970년대 말부터 1990년대 중반까지 미국 대학가와 항공 회사 및 정부 기관에 폭탄이 우송돼 3명이 숨지고 20여 명 이 부상당한 사건이 있었다. 연방수사당국은 범인을 유너바머 Unabomber라고 부르며 체포에 온갖 수사력을 다 동원했으나 잡 지 못했다. 그러던 중 현대기술 문명이 인간성의 황폐화와 자 연 환경의 파괴를 가져온다는 장문의 편지를 범인(본명은 테 드 카진스키Ted Kaczynski)이 뉴욕타임스와 워싱턴포스트에 보냈 다. 이를 본 그의 동생이 형의 편지임을 직감하고 FBI에 귀띔 하면서 사건은 해결되었다.

그는 IQ 170의 수학 천재로 16세에 하버드대에 입학했고 미 시건대에서 단 1년 만에 박사학위를 받은 후 UC 버클리 조교 수로 부임했으나 2년 만에 사직하고 몬태나주 숲 속으로 들어 가 은둔생활을 했다. 1978년 잠시 문명사회인 시카고로 돌아 와 공장직공 일을 했으나 해고당한 뒤 다시 몬태나로 잠적하 고 만다. 이후 그는 기술문명 사회를 비판하고 부모를 원망하 면서 편집과 망상에 사로잡힌 정신분열증 환자가 된다. 결국 폭탄을 만들어 문명사회를 위협하다가 체포되었다.

같은 시카고 교외에서 같은 시대를 산 천양곡 정신과 전문의 에 의하면 유너바머는 한 살 이전 고열과 피부발진으로 격리

병동에서 치료를 받은 적이 있었다. 당시 가족 방문은 이틀에 단 한번 2시간만 허락되었다. 방문시간이 다 되어 어머니가 간호사에게 아기를 넘길 때마다 아기는 심하게 울어댔다. 이렇게 강제로 떼어졌을 때 받았던 마음의 상처가 그의 삶을 지배했을지도 모른다며, 또 청소년 시절 체구가 작은 괴짜로 자주 왕따를 당해 그때의 분노와 외로움이 그의 성격형성에 상당한 영향을 끼쳤을 것이라고 천양곡 전문의는 본다.

우리말에도 세 살 적 버릇 여든까지 간다고 했듯이, 현대 아동교육심리학자들의 공론도 한 아이의 성격형성이 세 살까지 거의 완성된다고 한다. 그렇다면 타고난 부모의 유전인자 DNA는 숙명적으로 어쩔 수 없더라도, 영아기 환경 또한 그 영향이 절대적이란 말 아닌가. 아, 그래서 라틴어로 'Finis Origine Pendet'라고 서양에도 '시작이 끝을 미리 말해준다The beginning foretells the end'란 격언이 있어 왔나 보다.

인간만사 거의 매사에 그렇겠지만 특히 인간관계에 있어서는 더욱 그런 것 같다. 80년 동안 인생살이 해오면서 내가 거듭 거듭 확인하고 새삼 더욱 절실히 깨닫게 된 사실이 있다. 직장이고 결혼이고 모든 사회생활에서 늘 겪어온 일이다. 한 가지 일로 미루어 모든 일을 알 수 있다는 뜻으로 추일사가지推一

事可知라 했던가. 처음부터 궁합이 맞는 사람이나 일은 저절로 잘 맞아 떨어지는 반면 안 맞으면 아무리 오랫동안 기를 쓰고 악까지 써 봐도 소용없더란 얘기다.

한때 한국 가톨릭계에서 슬로건으로 사용하던 '내 탓이로다'의 라틴어 '메아 쿨파Mea culpa'가 있는데 이는 미사를 드릴 때 죄를 고백하는 과정에서 회개하는 사람이 가슴을 치며 '주여, 제가 잘못했습니다. 회개합니다. Now, Mea culpa, Lord! I me repente'를 줄인 말이다. 미국의 젊은이들이 미안하다는 I'm sorry 대신 사용하는 유행어로 My bad가 있다. 단순히 I'm sorry 같은 사과가 아니라 실수를 인정하지만 '그래서 뭘 어쩌겠어요'라는 I don't care의 의미가 내포되어 있다. 1999년에는 그 해의 단어로 선정될 정도로 인기 있는 말로 지금도 여전히 빈도 높게 쓰인다. 사과는 하되 책임을 줄이고 자존심은 지키고 싶은 현대인의 심리 속에 이 My bad가 있는지도 모른다는 분석도 있다.

어떻든 네 탓, 내 탓 할 것도 없이 모든 게 다 자연 탓이라고 해야 하지 않을까. 콩 심은 데 콩 나고 팥 심은 데 팥 난다고, 영어로는 What goes around comes around라고 한다. 뿌리는 대로 거두는 자연의 순리를 따르는 것이리라. 그러니 모든 게 또한 우연이나 필연이라기보다 자연이라 해야 하리라.

우리 김채임 시인의 '딸들에게'를 되새겨 보자.

지금 좋다고 좋아하지 말고
지금 슬프다고 슬퍼하지 말라

가수 하춘화의 해설을 들어보자.

"가슴에 늘 품고 사는 시가 하나 있다. 집안 화장대에 붙여
놓고 1년 365일 바라본다. 올해 아흔넷, 내 어머니 김채임 여
사의 말씀이다. 삶은 전화위복轉禍爲福이며 새옹지마塞翁之馬의
연속이라 했다. 눈앞의 일희일비에 휘둘릴 일이 아니다. 예전
어른들 대부분이 그랬듯 어머니는 초등학교 밖에 나오지 않았
다. 하지만 이 두 줄만큼 삶을 꿰는 지혜가 또 있을까. 학식이
아닌 경험에서 우러나온 몸의 시다."

가슴은
사랑으로
채워라

말보다 존재심 *Presence of Heart* 이다

영어에 임기응변의 정신력을 'presence of mind'라고 한다
면 말이나 어떤 형식적인 표현에도 구애되지 않는 사랑은 '존
재심presence of heart'이라 할 수 있으리라. 말이나 어떤 행동양식보
다 그 사람의 존재 자체가 모든 걸 말해준다는 뜻으로 '존재감
presence'이란 말이 있지 않나. 한국일보 오피니언 페이지에 '한국
에 살며'에 기고한 '사랑한다고 말하면 사랑하는 건가'에서 마
틴 프로스트 전 파리7대 한국어학과 교수는 이렇게 관찰한다.

"요즘은 한국에서 사랑한다는 말이 유행이다. 라디오나 TV
방송, 잡지나 인터넷 등 여러 곳에서 그 말이 자주 등장한다.

연예인들이 팬에게 특히 많이 쓰는 인사말이기도 하다. 친한 친구 사이에도 사랑해라는 말을 문자 끝에 사용하는 것이 많아졌고 젊은이들뿐만 아니라 나이 든 사람까지 그런 표현을 점점 더 쓰게 됐다. 평생 이 말을 안 하고 지낸 부부도 사랑한 다는 말을 자주 해야 한다는 조언을 듣기 때문이다. 듣기에는 사랑한다는 말이 멋있지만 습관화하는 것을 피해야 한다. 얼마 전에 병원에 갔는데 거기서 어떤 큰 교회에서 발행한 소책자를 우연히 읽게 됐다. 제목이 '존경 받는 남편이 되기 위한 10가지' 제안이었다.

첫째 제안은 '표현되지 않는 사랑은 사랑이 아니다. 하루에 한 번씩 사랑한다고 말하라'다. 한국인이 읽으면 아무렇지도 않겠지만 나에겐 그 문장이 이상하게 들렸다. 사랑이라는 것은 말로 표현하든 안 하든 느낄 수 있는 것이 아닌가. 한국에서는 매일 사랑한다고 말하라고 가르칠 수 있겠지만, 프랑스에서는 불가능한 일이다. 사랑을 표현하는 것은 분명히 좋은 것이고 매우 중요한 것이다. 하지만 사랑한다는 말을 많이 쓰는 요즘의 세대가 그런 말을 거의 안 하던 옛날 세대와 비교해 더 행복한지 궁금해진다."

아, 예수도 "오, 주여! 주여! 하는 자는 천국에 들 수 없다"

가 슴 은
사 랑 으 로
채 워 라

고 했다지 않나. 청소년 시절 읽은 미국 단편 소설이 하나 있
다. 저자도 제목도 기억나지 않지만 그 내용은 잊히지 않는다.

"어느 시골에 사는 농부 부부가 있었다. 남편은 말 수가 적은
진중하고 성실한 사람이었다. 그런데 아내는 남편이 사랑한다
는 말을 단 한 번도 하지 않은데 대해 의심을 품기 시작했다.
그러다 시름시름 앓게 되자 남편이 아내를 데리고 의사를 찾아
갔다. 아무리 진찰을 해봐도 아무 이상이 없자 무슨 고민이라
도 있느냐고 부인에게 물었다. 그러자 남편이 자신에게 사랑
한다는 말을 한 적이 없어 사랑하지 않는 것 같아서라고 대답
했다. 이번에는 남편에게 왜 부인에게 사랑한다는 말을 안 했
느냐고 물었다. 남편은 어이없다는 표정으로 반문하는 것이었
다. 결혼해 같이 살고 있는 것 이상의 다른 표현이 어디 있겠
느냐고……. 의사가 남편에게 그래도 사랑한다는 말을 좀 해
줄 수 없겠느냐고 조언했다. 남편은 자기는 그런 말 같지 않
은 말은 할 수 없노라고 버럭 화를 내는 것이었다. 하는 수 없
어 임기응변에 능한 이 의사는 부인이 수혈이 필요하다고 꾀
를 냈다. 그리고는 부부를 나란히 침대에 눕힌 채 남편의 피를
뽑아 부인에게 수혈하는 시늉을 했다. 그제야 부인이 안심하
고 병이 깨끗이 나았다는 얘기였다."

예부터 빈 수레가 요란하고 깊은 물은 조용히 흐른다 했던
가. 뭣이고 입 밖에 내는 순간 김이 새듯 그 내용이 사라진다
는 말도 있지 않나. 한도 끝도 없이 무궁무진한 사랑이란 새를
언어라는 새장에 가둘 수가 있겠는가. 태양의 빛과 열처럼 감
출 수 없는 게 사랑이 아니던가.

우리 사랑에 대한 시 몇 편 같이 좀 읊어보자.

사랑

보이지 않아도
보이는 너로 인해
내 눈빛은 살아있고

들리지 않아도
들리는 너로 인해
내 귀는 깨어있다

함께하지 않아도
느끼는 너로 인해

가 슴 은
사 랑 으 로
채 워 라

내 가슴은 타오르고

가질 수 없어도
들어와 버린 너로 인해
내 삶은 선물이어라

                    -김민소-

그대에게 띄우는 편지

오늘은 줄곧
행복한 날이었소
하루 종일 그대를 떠올리며
튀어 오르는
물방울 속에
춤추는 햇빛으로
웃음을 엮고
사랑의 조그마한 근심들을
하늘로 흩뿌려 날리고
바다의 눈부시게 하얀 파도를

그대에게 보냈소.

-퍼드 브루크-

사랑하는 이가 있다는 것을

길이 너무 멀어 보일 때
어둠이 밀려올 때
모든 일이 다 틀어지고
친구도 찾을 수 없을 때
그대여 기억하세요.
사랑하는 이가 있다는 것을

-로즈 핀취즈-

그대 미소만큼 소중한 건 없어요

비 갠 후의 햇살은
기분 좋은 것

가 슴 은
사 랑 으 로
채 워 라

열기 뒤에 불어오는

산들바람은

반가운 것

눈이 올 때의 모닥불은

따뜻한 것

그렇지만

우리가 헤어진 후부터

지금까지 줄곧 나를 기쁘게 맞이하는

그대의 미소만큼 소중한 것은

아무것도 없어요.

                    - 레너드 니모이-

언제나 당신이 나만을 생각한다면

당신이

나에게 말했던 것처럼

당신이 언제나

나만을 생각한다는 것이 진실이라면,

우리 서로가 비록

가까이 있지 않을 때라도

우리의 영혼을

끊임없이 함께 있게 만드는

이 감미롭고 친밀한 생각의 일치를

신뢰한다는 것은

나의

가장 큰

행복 중의 하나예요

-빅토르 위고-

러브레터

외롭다고 썼다

그리고 지운다.

그립다고 썼다

지운다.

보고 싶다고 썼다

가 슴 은
사 랑 으 로
채 워 라

지운다.

어서 오라고 썼다
지운다.

그리고는 사랑한다고 쓴다

그래 그래
사랑한다.
사랑, 사랑 사랑한다.

다시 지운다.

세상은
이젠 백지다.

-김대규-

사랑

우정이라 하기에는 너무 오래고
사랑이라 하기에는 너무 이릅니다.
당신을 사랑하지 않습니다.
다만
좋아한다고 생각해 보았습니다.

남남이란 단어가 맴돌곤 합니다.
어처구니없이
난 아직 당신을 사랑하고 있지는 않지만
당신을 좋아한다고는 하겠습니다.

외롭기 때문에 사랑하는 것이 아닙니다.
사랑하기 때문에 외로운 것입니다.
누구나 사랑할 때면
고독이 말없이 다가옵니다.

당신은 아십니까.
사랑할수록 더욱 외로워진다는 것을

-이해인-

가 슴 은
사 랑 으 로
채 워 라

사랑

꽃은 물을 떠나고 싶어도
떠나지 못합니다.

새는 나뭇가지를 떠나고 싶어도
떠나지 못합니다.

달은 지구를 떠나고 싶어도
떠나지 못합니다.

나는 너를 떠나고 싶어도
떠나지 못합니다.

-정호승-

사랑할 때 너무나 사랑할 때

사랑할 때 누군가를 사랑할 때는
기쁨보다는 슬픔이 먼저 다가옵니다.

그리고 그 사랑의 옆자리에는
조심스럽게 이별의 자리도 마련해 둡니다.

너무나 사랑할 때는

사랑하는 것 누군가를 너무나 사랑하는 것은
어느 누구도 대신할 수 없는 아픔입니다.

하지만 그 아픔의 언저리에는
아무도 모르게 번져오는 행복이 있습니다.

너무나 사랑하기에

                                        -김현-

사랑은 끝이 없다네

사랑은 끝이 없다네.
사랑에 끝이 있다면
어떻게 그 많은 시간이 흘러서도

                    가 슴 은
                    사 랑 으 로
                    채 워 라

그대가 내 마음속을 걸어 다니겠는가.

사랑에 끝이 있다면

어떻게 그 많은 강을 건너서도

그대가 내 가슴에 등불로 환하겠는가.

사랑에 끝이 있다면

어떻게 그대 이름만 떠올라도

푸드득 한순간에 날아오르겠는가.

-박노해-

사랑한다는 말은

세상 모든 사람들은 사랑한다는 말을 쉽게 합니다.

하지만 난 당신에게 사랑한다고 말을 할 수 없었습니다.

사랑은 명사가 아닌 동사임을 알았기에

말보단 행동으로 당신에게 다가서려 했기 때문입니다

-헤르메스-

인연설

사랑하는 사람 앞에서 사랑한다는 말은 안 합니다.

안 하는 것이 아니라 못하는 것이 사랑의 진실입니다.

잊어버려야겠다는 말은 잊을 수가 없다는 말입니다.

정말 잊고 싶을 때는 말이 없습니다.

잠시라도 함께할 수 있음을 기뻐하고

더 좋아지지 않음을 노여워 말고

애처롭기만 한 사랑을 할 수 있음을 감사드립니다.

주기만 하는 사랑이라 지치지 말고

더 많이 줄 수 없음을 아파하고

남과 함께 즐거워한다고 질투하지 말고

그 사람의 기쁨이라 같이 기뻐하고

이룰 수 없는 사랑이라 일찍 포기하지 않고

깨끗한 사랑으로 오래 간직할 수 있는

나는 그렇게 당신을 사랑하렵니다.

-한용운-

가 슴 은
사 랑 으 로
채 워 라

사랑

그대가 맑고 밝은 햇살로

내 오랜 툇마루에 와서 춤을 추어도

그대가 몇 그루 키 큰 자작나무로나

내 작은 산에 와서 숲을 이루어도

그대가 끝없이 이어지는 오솔길로

새벽마다 내 산책의 길에 고요히 놓여 있어도

난 그대를 사랑하려고 애쓰지 않아

그대가 이미 내 안에 있기 때문에

-박항률-

무조건적인 사랑

이유도 원인도 없는 빛이

가슴 저 깊은 곳에서 피어나

내 존재를 감싸며 누리를 흘러 퍼진다.

진정한 사랑은 이유도 조건도 없다.

진정한 사랑은 대가도 없으며

상대방에 의해 굴절되지 않고

상황에 의해 변하지도 않는다.

사랑이 위대한 것은 바로 그 때문이다

-한바다-

가 슴 은
사 랑 으 로
채 워 라

좋은 사람이 된다는 것

"얼마 전까지만 해도 좋은 배우가 되고 싶었는데 지금은 좋은 사람이 되고 싶어졌어요. 좋은 사람이란 그저 착해 빠지기만 해서는 안 되고, 인간이 느낄 수 있는 치사하고 속 좁은 감정까지 다 이해할 수 있어야 하는 것 같아요. 주변 사람들에게 그런 좋은 사람으로 남는 게 목표에요. 삶 전체를 봤을 때 그게 좋은 배우가 되는 것보다 더 값진 것 같아요."

영화 '동주' 주인공 배우 강하늘이 최근 한 인터뷰에서 한 말이다. 좋은 배우나 다른 어떤 직업인이 되기보다 좋은 사람이 되고 싶다는 이 말에 전적으로 공감하면서 한 사람이 떠오른다. 다름 아닌 세계에서 가장 가슴이 따뜻한 사람으로 꼽히는 앤절리나 졸리Angelina Jolie 말이다. 직접 낳은 세 아이뿐 아니라 캄보디아와 베트남, 에티오피아에서 입양한 세 아이까지 여섯 아이를 사랑으로 품에 안은 어머니이자, UNHCR(유엔 난민 고등 판무관) 홍보대사이며 매년 가장 많은 돈을 기부하는 사회사업가이기도 하다. 2013년 아카데미 시상식 연설에서 한 그녀의 말을 좀 들어보자.

"저는 어린 나이에 영화계에 데뷔해 겪어야 하는 나 자신의 고통에 대해 걱정했습니다. 그러나 집을 떠나 여행을 하고 둘러보면서 다른 사람들에 대한 책임감을 느끼게 되었습니다. 전쟁과 기근과 강간의 생존자들을 만나보면서 이 세상에 사는 대부분의 사람들이 어떤 삶을 살고 있는지를 알게 되었습니다. 나처럼 먹을 음식과 머리 위에 지붕이 있어 안전하고 건강하며 기쁘게 가족과 함께 살 수 있는 집이 있다는 게 얼마나 큰 행운인지를 깨닫게 되면서 다른 사람들이 겪는 불행도 없어야 하겠다고 다짐했습니다. 이 자리에 있는 우리 모두는 하나같이 다 행운아들입니다. 저는 이해할 수가 없습니다. 어떻게 나 같은 사람은 운 좋게 태어나 기회도 있어 이 길을 걸어온 반면 세상 저 쪽에는 나와 똑 같은 또 한 여인이 나와 같은 능력과 욕망을 갖고도, 나처럼 하는 일과 가족을 사랑하면서도, 나보다 더 좋은 영화도 만들고 더 훌륭한 연설도 할 수 있을 여인이 지금 난민 수용소에 앉아 아무런 발언권도 없이 어린애들에게 먹일 것과 재울 잠자리 걱정을 하면서 언제나 살던 집으로 돌아갈 수 있을지 모르는 운명인지를 이해할 수가 없습니다. 왜 내 삶은 이렇고 그 여인의 삶은 저런지 모르겠습니다. 이해할 수가 없으나 이 내 삶이 쓸 모 있도록 나의 최선을 다하겠습니다. I came into this business young and worried about my own pain. And it was only when I began to travel and look and live beyond my home that I began to understand my responsibility to others. And when I met survivors of war and famine and rape, I learned what life is like for most people in the world. And how fortunate I was to have food to eat, a roof over my head, a safe place to live, and the joy of having my family safe and healthy. I realized how sheltered I had been, and I was determined never to be that way again. We are all, everyone in this room, so fortunate. I have never understood why some people are lucky enough to be born with the chance I had, to have this path in life, and why across the world there's a woman just like me, with the same abilities and the same desires, same work ethic and love for her family, who would most likely make better films and better speeches, only she sits in a refugee camp, and she has no voice. She worries about what her children will eat, how to keep them safe, and if they'll ever be allowed to return home. I don't know why this is my life and that's hers. I don't understand that, but I will do the best I can with this life to be of use "

아, 이처럼 배우나 어떤 다른 직업인이기 전에 우리 모두 인간다운 인간이 돼야 하지 않을까. 저 '실낙원'의 저자 영국 시인 존 밀턴John Milton (1608−1674)의 말처럼 말이다.

마음은 제 마음 자리에 있고, 마음 그 자체로서
지옥을 천국으로, 천국을 지옥으로 만들 수 있다.
The mind is its own place, and in itself
Can make a heaven of hell, a hell of heaven.

이 말을 내가 풀이해보자면 이렇게도 말할 수 있으리라.

우리 가슴 욕심이 아닌 진정한 사랑으로 채울 때
우리 사는 세상과 우리 삶이 천국이 되는 것이리.
이것이 바로 우리 모두 좋은 사람이 되는 길이리.

이제 강은교 시인의 '우리가 물이 되어'를 읊어보자.

우리가 물이 되어 만난다면
가문 어느 집에선들 좋아하지 않으랴.
우리가 키 큰 나무와 함께 서서
우르르 우르르 비오는 소리로 흐른다면.

가 슴 은
사 랑 으 로
채 워 라

흐르고 흘러서 저물녘엔

저 혼자 깊어지는 강물에 누워

죽은 나무뿌리를 적시기도 한다면.

아아, 아직 처녀處女인

부끄러운 바다에 닿는다면.

그러나 지금 우리는

불로 만나려 한다.

벌써 숯이 된 뼈 하나가

세상의 불타는 것들을 쓰다듬고 있나니.

만리 밖에서 기다리는 그대여

저 불 지난 뒤에

흐르는 물로 만나자.

푸시시 푸시시 불 꺼지는 소리로 말하면서

올 때는 인적 그친

넓고 깨끗한 하늘로 오라.

삶이란 윙크하는 별들이리

사소하다면 사소하겠지만 자신에게는 매우 심각한 문제가
있으면 꼭 나한테 진지하게 그 해답을 묻는 동료가 있다. 파키
스탄 사람으로 인도어 법정통역관인 이 친구가 오늘 아침 내
게 말하기를 변비가 심한데 약을 복용해도 소용없으니 좋은 자
연요법을 알고 있으면 좀 알려달라는 거였다. 그래서 내 비법
을 알려줬다. 다름 아니고 부인과 성관계를 가질 수 없으면 자
위라도 해보라고 했다. 파키스탄 항공사에 평생토록 근무하다
은퇴한 이 친구는 독실한 무슬림 신자라서인지 자위행위는 죄
악이라 할 수 없단다. 난 즉각적으로 대꾸했다. 죄악^{sin}이라 생
각하면 죄악이겠지만 쾌락^{pleasure}이라 생각하면 즐거움일 뿐이

가 슴 은
사 랑 으 로
채 워 라

라고 말했다. 셰익스피어도 말했듯이 세상에 선도 악도 없다. 네 생각이 선도 악도 만드는 것이라고 말이다.

1958년 1월 21일자 미국 일간지 뉴욕 포스트New York Post엔 언론인 마이크 월리스Mike Wallace와 작가 잭 케루악Jack Kerouac의 이런 대담이 실렸다.

마이크 월리스 : 다 좋으신가요?

Mike Wallace : All is well?

잭 케루악 : 예. 우린 모두 천국에 있지요. 지금, 정말로 말입니다.

Jack Kerouac : Yeah. We're all in heaven, now, really.

월리스 : 그런데 말씀이 행복하게 들리지 않습니다.

Wallace : You don't sound happy.

케루악 : 네, 그렇죠. 난 굉장히 슬프답니다. 난 아주 절망적입니다.

Kerouac : Oh, I'm tremendously sad. I'm in great despair.

월리스 : 왠가요?

Wallace : Why?

케루악 : 생존해있다는 게 커다란 짐이지요. 아주 무거운 짐이지요. 난 죽어서 천국에 편안히 있었으면 좋겠습니다.

Kerouac : It's a great burden to be alive. A heavy burden, a great big heavy burden. I wish I were safe in heaven, dead.

월리스 : 잭, 당신은 천국에 있습니다. 우리 모두 천국에 있다고 방금
말씀하시지 않았나요.

Wallace : But you are in heaven, Jack. You just said we all were.

케루악 : 예. 그걸 내가 알았더라면. 내가 아는 걸 잊지 않고 기억할 수
만 있다면 말이지요.

Kerouac : Yeah. If I only knew it. If I could only hold on to what I
know.

2001년 출간된 하버드 대학 심리학 교수 대니얼 색터Daniel
Schacter의 저서 '기억의 일곱 가지 죄악The Seven Sins of Memory : How the Mind
Forgets and Remembers'이 있다. 이 책에서 저자가 열거하는 기억의 일
곱 가지 죄악으로 첫째는 덧없음transience, 둘째는 정신 다른 곳
팔기 absent-mindedness, 셋째는 꽉 막힘blocking, 넷째는 착각misattribution,
다섯째는 편견bias, 여섯째는 암시성suggestibility, 그리고 일곱째는
집요함persistence이 있다.

이 일곱 가지 기억의 죄악을 한 마디로 줄여본다면 불교에서
말하는 제행무상諸行無常이라고 할 수 있으리라. 프리드리히 니
체Friedrich Nietzsche(1844-1900)도 이렇게 말했다지 않나.

가 슴 은
사 랑 으 로
채 워 라

"나무나 빛깔이나 눈이나 꽃에 대해 말할 때 이들에 대해 우리가 뭔가 안다고 믿지만, 이들에 대해 우리가 갖고 있는 것은 메타포일 뿐이다. 하지만 메타포는 사물의 실체와는 같지 않고 별개의 은유隱喩일 뿐이다. We believe that we know something about the things themselves when we speak of trees, colors, snow, and flowers; and yet we possess nothing but metaphors for things-metaphors which correspond in no way to the original entities."

그렇다면 골 아프게 골탕 먹이는 온갖 골치 거리로 골머리 앓지 말고 머리를 비워 좋은 기억만 간직하듯 오물 같은 욕심은 다 배설해 버리고 마음을 깨끗이 비워 눈물겹도록 아름다운 사랑으로 우리 가슴을 채워보리라. 그럴 때 우리 삶은 기적 같은 축복으로 우리 사는 세상이 천국이 되리라. 최근 엠넷의 음악 예능프로그램 '너의 목소리가 보여'가 태국-중국 등 해외에서도 인기를 누리고 있다는데, 문자 그대로 '너의 목소리가 보여'의 국내 실화를 '조선닷컴'의 최영희 씨가 정리한 내용을 소개해 본다.

청각장애 소녀의 이야기

카페 계산대 앞에 선 바리스타가 손님의 입 모양을 뚫어져라 쳐다본다.

그녀는 소리를 전혀 들을 수 없는 1급 청각 장애인이다. 손님의 입술 움직임을 유심히 살펴 "아메리카노 한 잔 주세요"라는 말을 정확히 읽어내더니 "매장에서 드시고 가시겠어요?"라고 또박또박 묻는다. 수화手話도 전혀 쓰지 않았다. 그녀의 어머니는 매일 딸에게 뻥튀기 과자를 혀로 녹여 구멍을 뚫게 하는 놀이를 시켰다. 딸의 혀가 굳는 것을 막기 위해서였다. '파'라는 발음을 가르치려고 종이를 찢어 불게 했고, 코를 움켜잡고 '마'라는 소리를 내게 해 비음鼻音도 깨우치게 했다.

또한 입으로 소리 내지 않으면 한번 익힌 단어라도 금세 잊어버릴 수 있겠다는 생각에 그림책을 보며 소리 내어 읽도록 했다. 그녀도 노력을 멈추지 않았다. 독학으로 검정고시를 준비하여 초ㆍ중ㆍ고교 졸업을 했고 19세 때부터는 웹디자이너 일을 5년가량 했다. 사람을 만나는 것이 두려워 컴퓨터로 하는 직업을 택하려 했지만 엄마가 되찾아준 목소리를 썩히면 안 되겠다는 마음에 커피 관련 자격증이 8개나 되는 전문 바리스타가 되기 위해 끝없이 노력해왔던 것이다. 그녀를 키운 힘은 결국 어머니였다.

"엄마, 지금처럼 항상 제 곁에 있어주세요"
"내 딸로 태어나줘서 고마워, 혜령아"

자전적 소설 '길을 걸으며On the Road'의 작가 잭 크루악(1922–

가 슴 은
사 랑 으 로
채 워 라

69)의 말 한 마디 우리 모두 늘 잊지 말 일이다.

어쩜 삶이란

깜박하는 눈짓이고

윙크하는 별들이리.

Maybe that's what life is

a wink of the eye

and winking stars.

Fill Your Heart With Love
thirtythree

스쳐가는 바람,
사랑이어라

'스쳐간다'는 가수 이하이가 최근 발표한 풀 앨범 총 6곡의 3번 트랙에 수록된 이하이 작사–작곡 노래 제목이다.

고려 중기의 학자 이자현李資玄(1061~1125)의 '도를 즐기는 노래樂道吟'에 나오는 거문고가 있다. 한시漢詩 '삼백수 5언 절구편'의 평역자 정민의 말을 인용해본다.

푸른 산에 머물러 사니

전해오던 거문고 있네.

가 슴 은
사 랑 으 로
채 워 라

한 곡 연주 문제없지만

알아들을 사람이 없네.

가주벽산잠 종래유보금家住碧山岑 從來有寶琴

불방탄일곡 지시소지음不妨彈一曲 祇是少知音

"푸른 산에 집 짓고 산다. 하는 일 없이 도道를 즐긴다. 마음 가는 대로 살아도 걸림이 없다. 하늘에 구름 지나듯 생각이 이따금 스쳐간다. 거문고 가락에 실어 띄우지만 알아듣는 사람은 만나지 못했다. 세상 사람이 몰라도 도는 도다. 말해 모를 소리 하기보다 그저 저 푸른 산의 함묵緘默을 안으로만 머금고 싶다. 사람들아! 가락 없이 울리는 내 거문고 연주를 들어보아라. 그 가락에 산이 춤추고 시내가 노래한다. 새가 날고 꽃이 핀다. 우주에 편만遍滿한 어느 것 하나도 깨달음 아닌 것이 없다. 나는 자유다."

이 시의 제목 '도를 즐기는 노래樂道吟'는 내 몸이면서 내 마음이고, 몸 가는 대로 맘 가는 대로 타는 가락이 우주 만물에 대한 사랑의 노래로 내 삶이요 도道가 되는 것이리. 평역자의 표현 그대로 하늘에 구름 지나듯 스쳐가는 게 우리 인생 아니

221

던가!

　방송인 김제동의 토크콘서트 어록 중에 이런 말이 있다. "네 잎클로버의 꽃말은 행운이죠. 우리는 네잎클로버를 따기 위해 수많은 세잎클로버를 버리곤 해요. 그런데 세잎클로버의 꽃말은 뭔지 아세요? 바로 행복이랍니다. 우리는 평범한 일상의 행복 속에서 행운만 찾고 있는 건 아닐까요?"

　김정한 시인의 '잘 있나요 내 인생'를 음미해보자.

　　　　욕심을 버리니
　　　　스쳐가는 바람에도
　　　　고마움을 느끼고,
　　　　길가에 피어난
　　　　이름 모를 꽃도
　　　　귀하게 느껴졌으니까
　　　　집착을 버리니
　　　　기다림도 그리움이 되더라.

가 슴 은
사 랑 으 로
채 워 라

정녕코 편집偏執이나 소유욕이 아닌 사랑으로 우리 가슴 채울 때 우린 각자의 진정한 정체성을 찾게 되는 것이리. 우리 모두 스쳐가는 바람임을 깨닫게 되는 일 말이어라.

간다 간다 스쳐 간다.
너도 나도 스쳐 간다.
바람 같이 스쳐 간다.
우주 만물 모든 것이
스쳐가는 바람이어라.

분다 분다 스쳐 분다.
너도 나도 스쳐 분다.
바람 같이 스쳐 분다.
우주 만물 모든 것이
스쳐가는 사랑이어라.

20세기의 대 석학이며 영국의 철학자, 수학자, 역사가, 사회 비평가인 버트런드 러셀(1872-1970)이 생전에 이런 질문을 받았다. 만일 사후 심판 날에 신을 만난다면 신에게 뭐라고 말하겠느냐는 질문을 받았다. 반전운동가로 인본주의와 양심의 자유를 대표하는 다양하고 중요한 저술을 한 공로를 인정받아 1950년 노벨문학상을 받은 러셀의 대답은 이러했다.

"당신은 우리에게 당신이 존재한다는 불충분한 증거를 줬다. You gave us insufficient evidence."

신의 존재에 대해 서양에서는 고대 그리스 시대부터 유신론有神論, 무신론無神論 그리고 불가지론不可知論이 있어왔지만, 러셀의 말처럼 신은 아무에게도 신이 존재 한다는 충분한 증거를 오늘날까지도 주지 않고 있다. 그래서 유신론자들조차 확실한 증거 없이 무조건 믿는 맹신자들이거나, 반신반의半信半疑하는 회의론자들인 것 같다. 특히 같은 뿌리에서 생긴 유대교, 기독교, 이슬람교에서 주장하는 유일신은 인간의 편만 들어주는 인종주의자이거나 신자의 편을 들어주는 편애주의자(저 혼자만 복 많이 받아 잘 먹고 잘 입고 잘 살다가 죽어서도 천당 가겠다고 아부 아첨하는 기복신앙인들의 기도만 들어주는)인 것 같으니 말이다.

신이 정말 존재다면, 또 신이 인격人格보다 훨씬 더 훌륭한 신격神格의 소유자라면 이토록 편파적으로 속 좁은 존재는 절대로 결코 아니리라. 그렇다면 소아병적으로 독선독단과 위선에 찬 서양종교의 부자연스런 억지 교리에 비하면 우리 동양 전래의 물아일체, 피아일체, 홍익인간의 인내천 사상이 얼마나 더 평화로운 상생의 생존법인가. 진정코 대자연 대우주가 신적인 존재라면 소천지 소우주인 우리 각자가 또한 신적인 존재가 아니겠는가. 우리 마음과 정신과 혼魂은 말할 것도 없고, 우리 몸만 보더라도 너무 너무 신비롭기 그지없지 않은가.

친구가 보내준 '우리가 몰랐던 몸의 진실 51가지'우리 함께 마음에 새겨 보자.

우리가 몰랐던 몸의 진실 51가지

1. 우리의 코는 5만 가지 다른 향기를 기억할 수 있다.

2. 우리는 매시간 60만 개에 달하는 피부 세포 조각을 떨어뜨리고 있다.

3. 성인의 신체는 7,000,000,000,000,000,000,000,000,000,000 原子로 이뤄진다.

4. 아기는 성인보다 60여 개의 뼈를 더 갖고 있다.

5. 성인의 신체를 이루고 있는 혈관의 총 길이는 10만 마일 (16만 킬로미터)에 달한다.

6. 사람은 평균적으로 평생 동안 2만 5000쿼터(2만 8500리터)의 침을 만들어 낸다. 이는 수영장 두 개에 해당된다.

7. 우리 몸에 포함된 철로 7.5센티미터에 달하는 쇠못을 만들 수 있다.

8. 우리 모두의 속눈썹에는 예외 없이 진드기가 살고 있다

9. 우리 몸에서 가장 튼튼한 근육은 씹을 때 사용하는 턱 근육이다.

10. 땀은 그 자체로는 무색무취다. 하지만 우리의 피부에 살고 있는 박테리아와 섞이면서 특유의 냄새를 내게 된다.

11. 신체에 털이 많은 것은 더 높은 지능을 가졌음을 의미한다.

가슴은
사랑으로
채워라

12. 귀와 코는 우리가 숨이 끊어질 때까지 계속해서 성장한다.

13. 지문과 마찬가지로, 우리는 저마다 고유의 무늬(융선)를 혓바닥에 갖고 있다.

14. 아침에 잠에서 깰 때 우리는 몸에서 작은 전구를 하나 켤 만큼의 전기를 생산한다.

15. 인간의 뼈는 같은 무게의 철강보다 단단하다.

16. 푸른 색깔의 눈동자를 가진 사람은 알코올 분해 능력이 더 뛰어나거나 알코올 내성이 더 좋다.

17. 인간의 눈은 1000만 개의 다른 색깔을 구분할 수 있다.

18. 우리는 우리가 깨어 있는 시간의 10%를 눈을 감거나 깜박인다.

19. 우리의 눈을 디지털 카메라의 렌즈로 비교하면 5억 7600만 픽셀에 해당한다.

20. 우리 몸에 있는 모든 박테리아를 모아서 무게를 재면 4파운드(1.8kg) 정도 된다.

21. 우리의 몸은 매일 1리터의 점액(콧물 등)을 생산한다.

22. 암은 100가지가 넘는 종류가 있고, 암은 우리의 몸 어디에든 전이될 수 있다.

23. 우리가 음악을 들을 때, 심장박동이 음악의 리듬을 닮아간다.

24. 체내에 존재하는 산소와 혈액의 20%를 뇌가 사용한다.

25. 우리의 뼈를 구성하고 있는 31%는 물이다.

26. 우리의 입안에는 전 세계 인구 수 보다 많은 수의 박테리아가 존

재한다.

27. 우리의 심장은 매일 트럭이 32㎞를 갈 수 있는 에너지를 만들어 낸다.

28. 만약 우리의 몸속에 있는 DNA를 감지 않고 풀어헤친다면 100억 마일에 달해, 명왕성에 갔다 돌아올 수 있는 거리가 된다.

29. 당신의 침대에 있는 먼지 대부분은 사실 당신의 죽은 피부세포들 이다.

30. 우리가 죽음을 맞이한 지 3일이 지나기 전에 우리가 식사를 하는 데 사용했던 酵素가 죽은 시체를 먹기 시작한다.

31. 하루에 7시간 이상을 자지 않으면 우리의 수명이 줄어든다.

32. 일생 동안 우리의 두뇌는 1000조 바이트에 해당하는 정보를 처 리할 수 있다.

33. 우리의 입부터 항문까지 소화를 담당하는 기관(위, 장)을 모두 펴 면 9미터에 달한다.

34. 우리의 심장은 평생 동안 150만 배럴에 달하는 혈액을 뿜어낸다. 이는 200대의 차량을 채울 수 있는 양이다.

35. 우리의 심장은 신체로부터 떨어져 나가더라도 스스로 운동을 할 수가 있는데 이는 자체의 전기신호 때문이다.

36. 우리의 뇌는 40대 후반까지 계속 개발될 수 있다.

37. 우리의 폐와 코를 포함하는 호흡기는 정교하고 가는 털(후각섬모) 을 갖고 있는데 이는 쓴맛을 느낄 수 있다.

가슴은
사랑으로
채워라

38. 우리가 한 걸음 내딛을 때, 200개의 근육들을 사용한다.

39. 우리 몸을 구성하고 있는 화학성분들의 값을 매기면 160달러(20만원)에 달한다.

40. 우리 손가락의 촉각은 13나노미터 물체까지 감지할 수 있다. 이는 우리의 손가락을 지구 크기로 생각하면, 지구에 있는 집과 자동차 정도까지 미세한 것도 느낄 수 있음을 의미한다.

41. 가장 높게 기록된 체온은 46.5℃이다.

42. 심장은 우리 인체의 왼쪽에 있지 않다. 정중앙에 있다.

43. 우리 유전자의 절반은 뇌를 구성하고 있고, 나머지 절반은 뇌를 제외한 나머지 신체 98%를 구성한다.

44. 우리의 혓바닥에서 맛을 느끼는 세포는 10일을 주기로 새로운 세포로 바뀐다.

45. 지방세포의 수명은 10년 정도 된다.

46. 면도가 우리의 수염을 두껍게 한다는 과학적 근거는 없다.

47. 만약 우리의 위산이 피부에 떨어진다면 구멍이 생길 것이다. 그만큼 강한 산성이다.

48. 1만 명 중 1명은 체내 장기가 있어야 할 곳 반대편에 있다.

49. 새끼손가락이 없으면 손아귀 힘의 50%가 상실된다.

50. 우리의 폐는 산소를 5분 호흡 분량까지 저장할 수 있다.

51. 상처를 입으면 피부세포는 재생되지만, 피부 밑의 콜라겐은 상처 입은 그대로 남기 때문에 사라지지 않는다.

우리 이장욱 시인의 '토르소'를 음미해보자.

손가락은 외로움을 위해 팔고
귀는 죄책감을 위해 팔았다
코는 실망하지 않기 위해 팔았으며
흰 치아는 한 번에 한 개씩
오해를 위해 팔았다.
나는 습관이 없고
냉혈한의 표정이 없고
옷걸이에 걸리지도 않는다.
누가 나를 입을 수 있나.
악수를 하거나
이어달리기는?

캄캄하게 뚫린 당신의 눈동자에
내 얼굴이 비치는 순간,
아마도 우리는 언젠가
만난 적이 있다.

가 슴 은
사 랑 으 로
채 워 라

이 시를 오민석 시인은 이렇게 풀이한다.

"각기 다른 목적으로 몸의 기관을 팔아 치운 토르소 (동체만 있는 조각상)는 상품 지배의 현실에서 해체 혹은 분열된 주체split subject를 상징한다. 그것은 통합된 주체unified subject가 아니므로 일관된 포커스도 없고 표정도 없다. 말하자면 일종의 비존재이기 때문에 그것을 입을 사람도 없는데, 그것의 눈에서 화자는 자신을 본다. 시는 바깥과 안에 대한 동시적 성찰이다."

현재 영혼의 세계는 전생퇴행 등의 과학적 최면요법을 통해 확인되고 있으며 또 전생에 살았다가 현생의 몸으로 다시 태어나는 현상도 초심리 과학을 통해 조금씩 밝혀지고 있는 상황이란다. 이것 또한 우리가 우리 주위에서 얼마든지 관찰할 수 있는 자연현상이 아니던가. 기독교에서 예수가 십자가에 매달려 죽은 지 사흘 만에 다시 살아났다는 부활절을 매년 지키지만 산천초목 만물이 봄철이면 다시 소생해서 부활하지 않는가. 모든 곤충, 동물, 인간도 병아리가 알에서 깨어나듯 생명의 순환 사이클이 이어지는 기적이 계속 일어나고 있지 않는가.

그러니 세상에 사랑 이상의 복福과 신성神性이 있을 수 없다면 이 복덩어리인 신성의 사랑으로 우리 가슴 채울 때, 우리 스스로 신격神格이 되는 것이리. 영靈과 육肉이, 예수와 부처라는 신神이 따로 없이 말이어라.